考える練習

保坂和志

大和書房

まえがき

編集部・三浦岳（聞き手）

本書は1年間にわたってひと月に一度程度、保坂さんに話をしてもらったものをまとめたものだ。私には自分の考えがはっきりしないところがある。たとえば政治や社会問題などについて立場が曖昧だ。消費税増税のこと、TPPのこと、原発のこと、それぞれのトピックについて肯定派、否定派どちらの立場の人間の話も説得力をもって聞こえてしまう。専門家や識者に対して、知識の乏しい聞きかじりの自分が異を唱えることなどできないのではないかという考え方がしみついている。いったいどうすれば自分の頭で考えることができるのか、適切に判断して自分の意見を持つことができるのか、そのためのノウハウを知りたい、「考え方」「考える方法」というものを教えてもらいたい、そんな感覚で話を聞きはじめた。

しかしいま、1年間保坂さんの話を聞いてきて思うのは、これはまったく的外れな依頼であった。私は「正しい結論とは何か」と考えることが考えることだと思っていた。だが、考えるという行為はそんなこととは関係がなかった。冒頭からすでにそんなやりとりがある。「すぐに答えに向かうな」。「正しさ」「客観性」「冷静」が嫌いだという話も出てくる。それらは普通「いいもの」とされているが、正しさや客観性のようなものから解き放たれなければ深く考えることはできなかった。「論理」もダメだ。考えるとは「論理を組み立てる」ことではなかった。むしろ論理の枠組みから脱すること。「そうは言っても考えることに論理は絶対入ってくるのだから」のような割り切った反論で考えを止めない。論理的な整合性よりも感情を信じる。勘を働かせる。その意識を持たなければ、どうしても他人の強い言葉に負けてしまう。

「人は死なない」という言葉が出てくる。ゼロかイチかの考え方で言えば、死んだらゼロだ。鼓動していた心臓が止まる。それを死と言うのであれば、人は死なないという考え方は意味がわからない。しかしそんな正しさや客観性は、たんにそう考えさせられているにすぎないと保坂さんは言う。そんな正しさや客観性を前提とする社会の枠の中で生きているのだから、その流れに巻き込まれて、そのように考えさせられているにすぎない。その流れの上にどう首を出すのか。それを初めて「考える」と言う。「在る物」を「在る」と認識して「在る」と言う。その枠組みからどうやって抜け出すのか。そこにノウハウはない。「考えるなんて大変だ」という話も出てくる。どうやったら考えられるんですかも何も、そうやってラクをして「考える状態」から逃げないで、じっと黙って、逃げたがる自分を制して、時間をかけてもやもやとした状態に耐えつづけること。

私は「人は死なない」と考えたい。「死なない」とはどういうことか。やはり死ぬではないか。しかし保坂さんの話を聞いていると、死ぬと割り切らなくてもいい、割り切るべきではないと思えてくる。わからなくても、わからないと割り切ってしまわない状態に留まりつづけ、こう考えてみるとどうか、ああだとどうかとしつこく頭に置きつづける。他の本で他の言葉に触れたときや独りのときにいろんな思いが回りだしたときなどに、こういうことではないかと取り出せるように、考えを頭の端に引っ掛けつづける。保坂さんは、荒川修作さんが「人は死なない」と言ったから、それを継ぐとかという意味ではなく、そういう言葉に接したからには、それを自分なりに考えなくてはと思っていると語っている。私もこの言葉に接したから、そのことを考えつづける。

「枷《かせ》」に気づくということ。論理や言葉は枷になって世界を限定している。朝起きて寝るまでの全時間、人はある枠の中で枠に疑いを持つことなく動かされている。保坂さんは、一挙一動がカネの流通に貢献していて、経済にカウントされるんじゃない時間を送れなくなっているると表現し、それをさせている相手のことを「やつら」と呼ぶ。やつらは特定の相手ではないが、人をあるベクトルの行動や考え方に誘導しつづける力だ。そこから抜け出すには、まずそこに枠があることに気づかなくてはならない。なんとなく流れていく日々の中で「させられている」ことに気づき、その状態にうんざりして、そこから抜け出す動き方をする。不規則な動きをする。

「芸術方面でやっていきたいけどカネがない。カネがなければ生活できない。どうすればいいか」と訊いた回がある。この荒っぽい問いに、保坂さんは「カフカを読め」と答える。これはカフカの作品に教訓が書かれているという意味ではない。カフカを読むことから、自分を抑えつけてくる現実の壁に対抗する。これは精神論ではない。自分の思考の基本フォーマットに目を向けろということだ。対症療法を考えるのではなく、世界認識を変えろということだ。

私は保坂さんに勧められてサミュエル・ベケットの『モロイ』という小説を読んだが、ストーリーもなければ話のつながりも曖昧でなかなか頭に入ってこない。読んでいて自分の中で「こういうものを読んだ」という意味に還元できないので、何日もかけて読んでいると無駄なことをしているように思えてきてしまう。得ているものを数え上げられないと、いつしか投げてしまいそうになる。しかし言葉にならないからといって何もしていないことにはならないし、言葉になることが何かをしたことにはならない。その瞬間瞬間の言葉にならなさに気づくこと。単純化した意味に還元できない状態、要約することのできない状態を見つめること。泣けたりわかりやすい感想を言えるから読んだ意味があるわけでもなければ、うまい言葉で感想を言い表せない状態の続く読書をしているからといって意味がないわけでもない。解釈せずにそのまま飲み込んでいくように読んでいく。本書のインタビューは私をそういう読書に向かわせた。文学に何かがあると感覚的には思っていながらも、その説明のつかなさから自信のなかった私の背中をぐっと押してくれた。自分を疲れさせる読書、頭を痺《しび》れさせる読書こそが、自分が考えている現実に亀裂を入れる力をくれる。油断するうちにすぐに受け入れてしまう「当たり前」に対して違和感を抱き、立ち止まる力をくれる。

本書の前半では、私はこの本が自分や自分の世代（30代半ば）の人間や若い世代の支えになるようなものになればと思い、ちょっとした人生相談、悩み相談のような質問をしている。保坂さんは半ば呆れながらも誠実に、私や私のような火のつきにくい人間にまで届くように感情を込めて言葉を返してくれている。本書の中盤以降ではそんな質問もあったりなかったりになっていく。保坂さんは、こちらから問わずとも、とめどなく語ってくれている。これは前半の人生相談をするような思考、そんなことで悩むような思考に対する長い回答であり、たんなる支えを超えて檄、アジテーションになっている。

本書で語られている言葉は、理屈として納得するべきものではないと私は思っている。私は1年間、保坂さんの感情に接し、インタビューをまとめる長い時間を通して、その熱が体の中に入り込んできた。理屈を知って、それを「こういうこと」と言えるようになったとしても、それで何かがわかったことにはならない。感情に感染しなくてはならない。保坂さんは本の読み方について、解釈するのではなく教典のように丸ごと暗記するような読み方こそが強いという話をしている。理屈だけ取り出して「要するに」と言うべきではない。それぞれの文章をそのまま受け止める。まとめようとせず、そのつどそれぞれの話に聞き入る。私はこの本は、時間をかけて付き合うのがいいと思っている。日をおいて、読んでいない間にもここに出てくる問題について「どういうことだったのか」と思い、また本を開いてその問題について思い出したり行ったり来たりして時間をかけて読み進めていく。意味がすっと入ってこないところ、異論があるところも、なぜこんなことを言っているのか、何が言いたいのか、自分はなぜ違和感を覚えるのか、考えを広げていく種にする。

日々、自分が抱く考えの大本をそのつど見つめる。自分は何かに流されただけではないか。その何かはどこから来ているのか。そもそも自分がよしとすることとは何なのか。理想を実現するにはどう動くのがいいのか。答えに行き当たらなくても、地道に考え、考えを深めていくこと自体に意味があると自信を持つ。そして延々と考えつづける。深く考えたことを芸術含めさまざまな形で表現する人が増えると、世の中の思考の流れが変わる。これはそのための本だ。

考える練習　目次

第2講　テクノロジーを疑う

第3講　ぐらぐらしたものをそのまま捉える

第4講　「カネを中心にした発想」から抜け出す

第5講　文学は何の役に立つのか？

第6講　「神の手ゴール」はハンドでは？

第7講　同じことを考えつづける力

第8講 「じゃあ、猫はどうするんだ」と考える

第12講　考えるとは、理想を考えること

考える練習

第1講　自分の頭で考えるには？

「わかった」と思わずに考えつづける

思考に「公式」は役に立たない

――保坂さんは「考えること」「考えつづけること」の大切さについてよく語られていて、私もできるだけ自分の頭で考えたいと思ってはいるのですが、実際にはいまいちできていないように感じています。たとえば3・11の後、エネルギー問題についていろいろな議論がありました。こんな悲惨な事故があった後では、原発なんて撤廃すべきだと思うのですが、テレビやネットで専門家の方が、「自然エネルギーだけでやっていけるなどと言っている人はまったく現実がわかってない」なんて言っているのを見ると、そうなのかな、と思ってしまったりします。

この連載のコンセプトは、コンセプトじゃないんだけど、いま始めるにあたっての予想で言うと……結論を言わない、結論がない。だいたいぼくの話は結論がないか、結論からものすごく遠い話をしていくような感じになる。

アマゾンのレビューとか2ちゃんねるみたいなところでは、「この人は何を言いたいんだ、言いたいことだけ書け」とかって言う人が多い。

そうやって、考えるとか本を読むっていうのが、何か数学の公式を教わるようなことだと思っている人がいる。本を読むからには、結論は何なのかっていうマス目を埋める答えを知りたい。だから、公式を使えるようになりたいっていうことになる。

でも、公式をいくら教わっても意味がないんだよね。公式を自分で立てられるようにならないとしょうがない。

断定的な「論客」を信じるな

で、原発の問題っていうのは、原発がいいのか悪いのかって話じゃなくて、原発をやめるにはどうしたらいいかってことだけだと思うんだよ。

「原発がないとやっていけない」と言う専門家の話にも説得力があるって言うけど、専門家っていうのは、誰でもそれなりに説得力をもって話すもんだよ。

ヨガの行者みたいに専門を収入源にしないでひとりで考えて生きてるんなら、説得力がないこともあるだろうけど、普通はそれを喋ったりアウトプットすることで収入を得ているわけだから、説得力がなかったらおかしい。

専門家はどうしても自分の立場を擁護《ようご》してしまうところがある。いくつかのデータがあれば、自分の擁護ができる。

学校の成績がよかった人たちっていうのは、先生に褒められる解答を答えることに慣れてるんだよ。大学に行こうが、大学院に行こうが、その後研究生活をして大学の先生になろうが、絶えず自分を評価する人やスポンサーにおもねる答えを出すようになっている。それが意識的な人と、無意識にそういうことをやってしまう人とふたつに分かれるけど、いずれにしろ、誰かから褒められたり、誰かからお金をもらいたくて言ってるだけだよ。

——ただ、やはり自分には専門的な知識がないので、大学の先生や論客のような人が「これはこういうことだ」と断定的に語っているのを見たりすると、その意見を鵜呑《うの》みにして、自分の意見にしてしまっているように感じるんです。

でも本来なら、知識が増えれば増えるほど断定しなくなるはずだよね。断定する人っていうのは、たいして知識を持ってないんだよ。それは子どもを見てればわかるような話でさ。うちの甥《おい》っ子と姪《めい》っ子が小学生のとき、将棋を覚えたんだよ。それで、ルール自体は間違ってないんだけど、駒の進め方は、どっちもそんなことしたって全然しょうがないみたいなめちゃめちゃな動かし方で対局してるんだ。

その甥っ子と姪っ子が、「やっぱり将棋より囲碁のほうが面白いね」って言ってたよ、すごい断定的に。そんなもんだよ。

子どもが言って変なことは大人が言っても変

いまNHKで「100分de名著」とかってシリーズを4月からやってて、1回目のシリーズがニーチェの『ツァラトゥストラ』。1回25分で全4回やって100分なんだけど、「10

0分でニーチェがわかる」なんてさ、わかってないからこそ言えるわけじゃない。

そもそも「わかる」って言葉に対して、それがどういうことなのかという疑問がない。どういう状態を「わかる」っていうのか、じゃあ、わかったらどうなるのか、何のためにわかるのか、なぜすぐわからなきゃいけないのか、100分でニーチェがわかってどうすんの、っていう。

やっぱり、知れば知るほどわからないっていうほうがずっと面白いと思うんだよね。だから「わかった」って言う人に対しては、「浅薄だ」って思わなきゃいけない。「わかった」って断定的に言うことはすごく浅薄で幼稚なことなんだっていう社会的な了解を取りつけなきゃいけないと思うんだけど、世界全体の流れからいえばそんな考え方はどんどんどんどん少数意見になりつつある。でも、「少数意見になりつつあるなら、やめよう」と思うのは全然間違いで、真理は多数決にはないからね。

小学6年生が「やっぱりモーツァルトがいちばんいいね」とか言ったら笑っちゃうじゃん。でも、小学6年なら笑うけど、それを30歳が言ったらおかしくないかっていうと、そんなことはないんだよ。小学6年が言っておかしい言葉は、じつはいくつになってもおかしいんじゃないかと思うんだよね。

だから「やっぱりモーツァルトはすばらしい」みたいなわかったようなことは、本当にクラシックをわかってる人なら言わないんじゃないかな。「モーツァルトは聞くたびに新しく、そのつど別の表情が感じられる」とか、違った言い方になるはずで。

無理に結論を出さなくていい

ぼくの場合、脱原発についての考えは揺れないけど、日本の軍備撤廃が可能かどうかっていうことを考えると悩む。

東シナ海が中国との紛争地帯になっていて、中国といつも小競り合いしているといったことを聞くと、現実に軍備を放棄する気がまったくない国が世界中にいっぱいある中で、軍備撤廃が現実問題として可能かどうかっていうのは、やっぱり気持ちが揺れるんだよね。

それともうひとつは、死刑の廃止、存続の話。ぼくは死刑は廃止が理想だと考えてるんだけど、でも、去年の7月に親父が交通事故で死んだでしょう。

それで、過失はほとんど親父の側にあったんだけど、事故の相手の車を運転していた人がうちにお線香をあげに来たいって言ってきたとき、結局、来ないでくれって言ったんだよ。

それは、事故があったのは7月なのに、その人がお線香をあげに来たいって言ってきたのが11月末なんだよね。7、8、9、10、11で、5カ月たってる。

それまでは何も言わずに、突然そんなことを言ってきて、「いまさら何だよ」って気持ちがあって。お袋がその人と顔を合わせるのはどうかとか、ぼく自身、その人と顔を合わせることに不快感があったり。

毎月の命日に花を送ってくるとか、そういうことをしてくれれば、こっちの感じ方も違ったんだろうけど、急にそういう話をしてきて、来れなかった理由だけ言って、あと……まあ、いいや。

そういういろんな事情があったにしろ、これが殺人事件だったら、心理的な抵抗感はこの比じゃないわけでしょう。

ぼくは年老いた親父が自分の過失で死んだ交通事故の、その加害者の運転手と会うのに抵抗があって、とうとう会わなかった。

それに対して、本当に悪意を持った殺人者がいて、自分の子どもが殺された、子どもには何も過失がなく殺されたっていうような最悪の状況を考えたときに、その殺人犯をどうやって死刑にしないで済むか。被害者遺族の立場として考えたときに、死刑なしで納得ができるのかっていうのは悩ましいんだよ。

死刑廃止や軍備撤廃っていうのは20世紀の理想としてある。普通選挙とか男女同権とかと同じようなもので、進んでいくべき道としてある。

だけど、現実にその程度の被害者遺族になっただけで、加害者に対して寛容になれない。じゃあ今度は最悪の被害者になったとき、死刑の廃止をどうやって自分に説得するかってなったら、それは死刑よりも重い刑を考えるしかない（笑）とかになっちゃう。

だから無理に結論を出そうと思っても、やっぱり失敗するんだよ。もっとずっと長くて広い時間が必要で、それは教育なんだよね。

戦争放棄っていうのも、それ単独の問題じゃないはずじゃない。外交や経済や資源や文化が絡み合ったうえでの、戦争放棄なんだから。

それが理想だからといって、考えれば考えるほど些細《ささい》な話が積み重なっているのがわかるから、簡単にケリをつけようというふうにはならなくなる。

何かをよくするために頭を働かせる

社会は民意で動いてはいない

よく、原発をなくしたら、現状の体制ではいまの電力消費を続けられないって言うよね。これからよりいっそう電気を使うようになるのにって。

でも、これは社会全体が大きなエネルギーを使うのを前提にしてつくられてるからでしょう。おかしな都市計画を立てて、必要もないのに地下街をつくったり。

ケータイにしたって普通のケータイはなくなりつつあって、全部スマートフォンにさせようとしてるよね。

でも、それって誰も望んでないじゃない。みんな、望んでもいないことをどんどん押しつけられてる。

だから、社会は民意で動いてないんだよ。ごく一部の人間の都合で動いてる。ケータイなんか、最初の頃は話せればそれで十分だったのに、別の機能をバンバン入れていったでしょう。そんなの全然、いらないじゃない。

問題は、自然エネルギーで電力が賄《まかな》えるか賄えないかじゃなくて、賄うようにしなきゃいけないんだよ。

人間の歴史って、あと100年とか500年とか1000年とかってものじゃないわけでしょう。あと1万年とか考えたときに、原発は絶対、どこかでトラブルになるよ。逆に、もし人類があと100年とか500年しか存在しないとしたら、それは原発の大事故か核戦争が起きたときだよ。

隕石《いんせき》だってあり得るし、テロだってあり得るし、民間の飛行機が落っこちることだってあり得る。そのひとつの事故で原発は致命的なことになってしまう。

人間が生きていくうえで、まずこれは除外して人間をやっていこうっていう選択肢があると思うんだよ。なぜ近親相姦がないかっていうと、その理由についていろんな説を考える人がいるわけだけど、逆に考えると、近親相姦を禁止して人間になったんだっていうこともできる。

だから、原発を使わずに生きるのが人間だっていうふうに、理想のほうを考えることの中心に置かないと、何を考えてもしょうがない。

「考える」とはどういうことをいうのか?

いま、コミックとか一部の小説でもそうだけど、「考える」っていうのは、悪いほうも含めてあらゆる方向に考えることを「考える」っていうじゃない。「考える」ってことを、パズルと同じどんな方向にも考えることとして捉えている。

だけどそうじゃなくて、やっぱり神に近づくためにとか、神を知るためとか、神が許す範囲でとか、何かいい方向に考えようとしない限り、「考える」とはいわないんだよ。

生産活動にしても、カネ儲けをすればいいっていうんじゃなくて、カネ儲けの才のある人は、それは特別な才能を与えられた人なんだから、まわりに還元することを考えていかなきゃいけない。

ひとりが儲かるんじゃなくて、地域全体を豊かにしなきゃいけないっていうのは、それが自然な考えであって、全然不自然じゃない。

企業を地方に誘致して、それで地方経済を活性化させるっていうのも、もともとはそういう考えから来てるはずだよ。ひとりのカネ儲けの才のある人がまわり全体を潤すことができるっていう。

でも、いまは地方に企業を誘致しても、ごく一部の人しか潤わないようになっちゃった。本当は、才のある人はその能力をもっと還元しなくちゃいけないんだよ。

農作物をつくるのが得意な人は、自分が食べる以上にものをつくれるわけだから、その人が社会に還元するわけでしょう。

線路が通ると町がさびれる

だいたいさ、実際に事故が起きると半径何百キロっていう広範な被害が発生するのに、誘致するところの町長だけが「いい」って言えばつくっていいっていうのは、めちゃめちゃな話だよ。

でも、だから原発がいいか悪いかじゃなくて、原発をどうやってやめるかっていうこと、これからどうやってその気持ちをみんな持ちつづけていくのかということを考えつづけないといけない。

悪いのはわかっていても人間関係の流れで続いていくこともあれば、そもそも原発を誘致しないとやっていけない村もある。そういう村っていうのはもう、その村自体の産業が滅びてるわけ。いまの日本というか世界かもしれないけど、構造として、富を一カ所に集中させて、他のところがさびれていくっていうふうになってるんだよ。

それで話はいろいろ飛ぶけど、ぼくの両親の地元の山梨の話で、山梨の人たちっていうのは、車の道路を引けば町が栄えると思ってるんだよね。でも、車の道路も新幹線とか鉄道の線路もそうなんだけど、実際はそういうものができると町はさびれるんだよ。より豊かなところに吸い上げられてしまう。甲府って特急あずさで新宿から1時間半で、車でも東京から片道2時間以内で行けちゃうんだけど、それでさびれたんだよね。

山梨県の人は、その県いちばんの市街地である甲府の地価が、まさか山形や大分より安いとは思ってない。でも、県庁所在地で甲府より地価が安いのは、秋田とどこかと、数えるくらいしかないんだよ。あと、群馬の前橋が同じだけ安い。東京周辺だから。

埼玉まで行けば、もうそこまで東京が拡大してるから高いんだけど、地理的にそこまで近くないけど簡単に東京に出られるところは、東京に吸い上げられて安くなってる。

もっと東京から離れた地方のほうがむしろ豊かなんだ。

移動するために宿泊が必要な時代のほうが、いろんな町が栄えるんだよね。

移動に時間がかかるときは、買い物に行く場所とか休日に遊びに行くところとか拠点があちこちにあったのが、交通が便利になるとどこかに集中しちゃう。それで、そこに全部吸い上げられてしまう。

でも、地方がさびれていなければ、そこに原発はつくらないからね。

これがひとつの問題だけを取り出して個別に考えることはできないってことで、原発、是か非かっていうのは非に決まってるんだけど、そんな非に決まってることを非だと言うのって、言えば言うほど、頭を使わなくなるような気がする。

原発は非なんだけど、じゃあどうやって脱原発を実現させる流れをつくるかって考えることは、原発は是か非かと考えることとは次元が違う。

でも、原発は代替エネルギーがあるわけだから、まだたいした問題じゃなくて、この、どんどん人や物が都市に集中していって、地方がさびれていくっていうほうが深刻な問題なんだよ。それって止められるの？っていう。

たしかに、かつては道路とか鉄道を通した町は発展していったと思うんだ。しわ寄せを食う人もいたけど、物流がよくなって、町全体としては恩恵をこうむった。ところがいまや物流も飽和しちゃって、もうこれ以上、受けられる恩恵はない。恩恵がなくなると、あとは吸い上げられるだけになって、そのうち吸い上げられるものもなくなる。そうなると今度は、若い人たちが正社員にならなくてパートになるといった形の搾取《さくしゅ》がきつくなってくることになる。

ご近所のスナックはなぜ潰れないのか？

前から引っかかってるのが、ご近所のスナックってどこでもあるでしょう。いまではだいぶ少なくなったけど。

そういう店って、近所の人しか行かないじゃん。その近所の何十人かの客だけで成り立ってるんだよね。

昔は八百屋も魚屋も肉屋も床屋も、全部そうだったんだよ。近所の何十人か、小売の種類によっては何百人か、近所の人だけを顧客にしてやってたわけじゃない。

それは競合の店がないというわけでもなく、他にもいくつか同じような店がある中で、一応は小さな競争もあった。

顧客のサークルも狭いから儲けすぎたらバレちゃうし、あんまり安く売ると、今度は自分の首を絞めることになる。

それは必ずしも価格の原理じゃなかった。近所の人が義理とかしがらみとかで買い物をしてたんだよね。しょっちゅう顔を合わせてるのに、買いに行かないわけにいかないだろう、みたいな。

でも、そこにスーパーが価格の原理で入ってきて、全部ダメになってしまった。

いま、またそういう支え合いの仕組みが必要なんだよ。今度は有機農法とか自然農法とかの何かポリシーを持ってる人たちを価格原理でなく支えていかないといけない。

そういう問題と、都市の一極集中と、それで地方がさびれたところができて立ち行かなくなって原発を誘致するとかっていうのは、全部同じ問題なんだと思うよ。

「修正」を重ねながら思考を深める

辛抱強く「寄り道」を繰り返す

いまの経済のやり方を続けていくことができないってことは、3・11の1、2年ぐらい前からかな、けっこうあちこちでいろんな人が言い出してるんだよね。『成長の限界』って本も何十年か前にあったでしょう。従来の成長モデルとは違った形の経済を模索しなければいけないって。

……でもなんか、こういう大きい話をしてても意味あるのかな。ぼくが言うことじゃないというか。

――では、われわれは具体的にどうすればいいのかというところはあります。

たしかに新しいモデルをつくりだす人は必要なんだよ。自分たちではつくれないと思うもの。ただ、いまの社会や経済のあり方に対するオルタナティブな選択肢を出されたときに、自分で選んで受け入れる用意だけはしておいたほうがいいと思う。

ただ、三浦君（聞き手）と喋ってると、こんなに素朴でいいのかと思うんだよね。みんなそうなの？

——日々、いろんな情報を仕入れながらも右から左に流してるだけという感覚があります。立ち止まって考えられなくなっているというか……。

この連載は、やっぱり対話形式にしていったほうがいいかもしれないね。都市一極集中の話からまた違った話題にずれてきて、もしかしたらこの話までひっくるめて見せていく。中には「何、こいつら」「何言ってんの?」って思う人もいるかもしれないけど。

でも、「何、こいつら」で片付けちゃう人はダメなんだよ。そういう話にも辛抱強く付き合っていかない限り、考えなんて練れていかない。結論だけほしいっていう人は、自分で何も考えたことがなくて、会議なんかでも自分では何も言わない人だよね、きっと。

思考のエッセンスだけ吸収するなんてことはあり得ないわけで。考えるっていうことは、すごく寄り道も多いし、行き止まりにぶつかることも多い。そうやって何度も修正を積み重ねていかないといけない。

つじつまが合う必要もないいんだよ。

問題の断片が「原発」として出てきたり、「近所のスナックってどうやって成り立ってるんだ」っていう疑問とかいろんな形で出てくるのをいちいち考えていく。

どっちも新書のネタでしょう。『さおだけ屋はなぜ潰れないのか?』みたいなさ。「近所のスナックはなぜ顧客30人でやっていけるのか?」とか。

つまり本とか雑誌では、そういう話が断片で切り売りされてるわけじゃない。でも、そういうところだけを取ってきても、本当は何も考える習慣にはつながらない。

情報を取り入れても思考力は磨けない

原発とか経済のことでいろいろ話してきたけど、でも、これは〝意見〟なんだよね。意見なんていうのは誰でももっともらしく言えるんだよ。

だから、本当はきっと意見になったものに価値はない。

それはもう形になっちゃった情報でさ。情報なんていうのは聞くようなものじゃないんだよ。いくら意見を聞いたり読んだりしても、結局、情報を知るというだけのことだから、それだけでは絶対、思考力を身につけたり、しっかり考えて生きるようになるということにはならない。

ラーメン屋でも大工でも、どんな仕事でも、同業者から一目置かれてる人っているでしょう。

そういう人たちは仕事の精度を上げたり、新しいことを始めたり、いろんなことをやっている。人と違うことができる、それが思考力があるってことだと思う。

思考力っていうのは、そういう生きることとか、世界と個人がかかわるところで展開されるべきものだよ。

野球選手にとって動体視力を上げるのは、バッテリーが配球を考えるのと同じだけの価値を持っている。だから野球選手にとっては動体視力を高めるのも思考の一環になる。思考力っていうのを、ただ理性的なものとか、論理的なものと考えちゃいけない。思考するっていうのは、その人が世界と触れ合うことと捉えないといけない。

江夏とか野茂とか一流の選手って、野球のことを語らせるとやっぱり面白いんだよね。本当に驚くべきことまで覚えていたり、展開に対する深い洞察があって、野球の組織のあり方までちゃんと考えてる。

でも、そういう人たちが政治とか社会について意見を言ったってろくなことを言わないのは目に見えてる。だけど選手として一流の人が政治について発言すると、それは聞くに値しないものになるっていうのは、きっと社会が何かおかしいと思うんだよ。

そういう人たちが政治とか社会について語るととんちんかんになるのはなぜなのか。本当はとんちんかんじゃないはずなんだよね。

なぜ野茂はスライダーを投げなかったか?

――政治を語るなら政治を語るなりの知識の蓄積がないとそうなっちゃうのかな、と思うのですが。

でも政治って、本来プロがやるようなものじゃないんだよ。そういうものであってはいけないものでしょう。

たとえば政局の話しかしない記者っているじゃない。内閣不信任案に対して小沢周辺の人間はどっちに動くかとか、そんな読みばかりしている。そこには政治思想も何もないのに、そういうもののほうをまともな意見として聞くのは何なのか。

論争とかゴシップにしか関心のない文学研究者と同じだよ。

野球を語るときに、誰が長嶋の派閥で誰が星野の派閥だとか言ったって意味がない。でも、少なく見積もってもテレビで政治について喋る人の半分はそれだよね。

野茂は日本のプロ野球には関心を持ってないみたいだけど、社会人のチームをつくったでしょう。あれが政治だよ。

大リーグに行く選手って基本はみんなそうだろうと思うけど、野球は楽しんでやるはずなのに、日本の野球はちまちました駆け引きばかりで、どうしてこんなつまらないものになっちゃったのかっていう問題意識がある。

野茂はほとんどストレートとフォークしか投げなかったけど、スライダーを投げるようになると、引っかけさせて内野ゴロでアウトを稼ぎやすくなった。でも、そういう野球はしたくなかったんだよ。

野茂は学校の成績は悪くて、いつもボーっとした人だったらしい。で、机の上で計算ができたり、論理のつじつま合わせが得意だったりする人たちが学校教育の中では5をもらって大企業の役員になっていったりする。

そういう社会全体が変なんだよ。座学だけが重視されて、勉強ができる人が社会をつくるのが当たり前になってる。でも、それぞれの分野で一目置かれるような人には、その人たちなりの視界があって、そこから見えていることが政治に結びつかなくていいと思っている社会というのはおかしいんじゃないか。そんなこと言ってもしょうがないって言われるだろうけど、言わなきゃダメなんだよ。

「理想」を考えることから始める

反原発の人たちでも、いまこのときにもう一回、どこか山奥で原発大事故が起きてほしいと思っている人も少なくないと思うんだよね。だって、下手な反対運動をするよりは、そっちのほうがよっぽど効果あるじゃない。

でもそれが本当に反原発なのかっていうとそうじゃないでしょう。

たんに、「原発推進派ざまあ見ろ」っていうことでしょ。

じゃあ原発がなくなったらどうなってほしいという社会に対するビジョンはあるのかというと、やっぱりある人とない人とがいる。

ない人というのは、原発を仮想敵にしているだけだと思うんだ。

何かことあるごとに反対意見を言う人とか、文字どおり相手を論破するためだけに意見を言う人っているんだよね。

論破どころか話の腰を折るためだけに頭を使ってる人とか。

一方には、バカみたいに理想を追い求める人がいるわけだけど、やっぱり本当に「考える」「頭を使う」っていうのは、理想を前提とすることだと思う。

原発のいちばん大事なことは、たった一度で破局をもたらしうるということで、それに対抗するためには、完全な「未然」の論理をこっちがつくりださなければならない。事が起きて、修正するというのがいまの人間の考え方の基本的なモードなんだけど、何も起きていないいまを素晴らしいことだと思うにはどうしたらいいか。今日一日だって、交通事故で死ぬことだってあり得たし、心臓マヒで死ぬこともあり得た。何かの事故に巻き込まれて、半身不随になることだってあり得た。そういういくつもの悪い可能性がすべて未然に終わった一日に心から感謝する思想をどうやれば自分の中で定着させて、熟成させることができるのか。

だから考える順番としては、まずは理想があって、そこから少しずつ分化させたり、レベルを下げていって、何段目かにようやく自分の幸せのことになる。

そういうことだと思うんだよね。

第2講　テクノロジーを疑う

「時間のかかる読書」をする

自分を変える読書、変えない読書

——学生のときは小説や文学が好きで本当によく読んでいたのですが、最近そうした本を読むことが少なくなってきました。仕事で少しでも成果を出さなくてはいけないのに、のんびり文学作品などを読んでいてもいいのかなと、どこか後ろめたい感じがしてしまって。そういう時間があったら、ビジネス書とか経済書とか、実際的に役に立つ本を読まなくちゃいけないのではないかと思ってしまうんです。

前回も思ったけど、なんでそんなに弱気っていうか、やられっぱなしなんだろう。

ぼくがサラリーマンになった頃は、そんな経済の本だとかビジネスの本を読もうなんて思わなかったよ。書店にもいまみたいにそういう本は多くなかったし、まわりもそうだったんじゃないかな。

後ろめたいっていうのなら、20歳とかそれくらいまでの文学を読んでいた自分に対してのほうが後ろめたいと思うべきなんじゃないの？　それまでの時間は何だったんだっていう。

会社が結果的に社員にそんなことを強いることになっているのなら、後ろめたい、申し訳ないと思わなきゃいけないのは会社のほうだよね。

会社って福利厚生の義務もあるわけだし、社員一人ひとりが本来の人生を生きるべき時間を取り上げてしまったとしたら、それこそ申し訳ないと思わなきゃいけない。

自分のほうは、給料に見合った分だけ会社に還元できていれば、それ以上は何をしようが申し訳ないと思う必要なんかないわけじゃない。給料分だけ会社に還元できていないのなら、それは申し訳ないかもしれないけど、それは会社の責任でもあるわけだからさ。会社は社員が後ろめたく思わないだけのノウハウや知識を与えて、育てないといけない。

それでも役に立たなければ会社はその人を切ればいいんだし、そうなれば切られればいいんだよ。実力主義に聞こえるかもしれないけど、やられっぱなしでいないためには、こっちもそれぐらいの覚悟はまあ、必要だよね。

それに、そんなどんどん読めるような本ばかり読んでいたってしょうがないでしょう。三浦君（聞き手）が言うとおり文学書とか本当の思想書を読むのは時間がかかるけど、ゆっくりしか読めないものは、ゆっくり読めばいいんだよ。そういう本は言語の体系が違うから、読む側がそれに合わせてチューニングしてかなきゃいけない。だから当然、時間がかかる。

哲学の入門書とか文学のガイドブックとかも含めて、速く読める本は、普通の人がそのままのボキャブラリーで読めるように、全部読む側に合わせて書かれている。だからいちばんペラペラの言葉が並んでるわけだけど、そういうものをバーッと読んで読み終わっても、自分は何も変わらない。経済や経営の本だって限界利益がどうとか何とか率がどうとか、そこに書いてあった分だけの知識は増えるかもしれないけど、自分の中の言語の体系とか概念の体系とかはまったく変わらないんだから、そこに成長はない。

日本の精神的な背骨

今度、高橋悠治さんと対談をするんだけど、そういうのに来たほうがいいよ。友だちの結婚式どころじゃないよ。前の日が中国出張だから来れないって言ってた人もいたけど、やっぱりそんなことで大事な場に居合わせないのが堕落の始まりだって、考え直して行くことにしたって。ぼくを見るんじゃなくて高橋悠治だよ、言っとくけど。

――恥ずかしながら、高橋さんのことをよく存じ上げていないんです。どういう方なのでしょうか。

現代音楽の作曲家で演奏家だけど、60年代後半ぐらいから活動し始めて、音楽だけでなく日本の、何かを表現したりつくったりすることの精神的な背骨になってきた人のひとりだよ。60年代から70年代前半ぐらいまでって、音楽も美術もダンスも、全部の芸術ジャンルが一斉にそのジャンルの概念とか芸術の概念を変えようとしていた時代で、音楽でそれをやろうとしている人のことは文学をやってる人でも、みんなその人のことを見ているというような感じだった。

たとえば横尾忠則はただの画家じゃないでしょう。あの人はグラフィックデザイナーだけど、ただのグラフィックデザイナーじゃない。

絵描きでいうと岡本太郎って人はアートの広告塔みたいに思われていた部分もあるけど、とにかく「芸術は爆発だ」ってメッセージを広く届かせた。「芸術は完璧さだ」とは言わなかった。完璧なんかどうでもいい。「爆発だ」と。「子どもの落書き、大いにけっこう」みたいな、そういうメッセージを広めたことはすごく価値があった。

高橋悠治がなぜ、かくもみんなからリスペクトされているか――まあ畏れられてるのかもしれないけど――っていうと、あの人はあんなすごいキャリアもあるのに、芸術院会員とか文化功労者とかナントカ賞とか、何も取ってないんだよ。まわりの人たちがみんな、「悠治に賞は必要ないんだ」「やったって喜ばねえし」ってわかってる（笑）。いや、そんなことはどうでもいい。そんなことは、賞をどれだけ取ったかという言い方の裏返しにすぎない。とにかく、高橋悠治は高橋悠治なんだよ。

ああいう人が文学で誰に当たるかっていうのはちょっと難しい。

文学ってやっぱり本として出版されないといけないから、最低でも何千部っていう単位になっちゃうでしょう。コンサートなら30人とか50人のコンサートができる。そういう表現の仕方もある。小説はそういうことをやりにくい。

だから小説家で、きちんと文化的な背骨になってる人ってなかなかいないよね。一時期、中上健次がそうだったかもしれない。他にももっと世界で評価されたような人はいるけど、朝日新聞で発信するみたいなことしかしないような人は、そういう存在にはなり得ない。

ギアは軽くしておくに限る

——小規模な活動をメインにされている人のほうが背骨になり得るということですか？

そうじゃなくて、やってることの価値を注目度とか知名度みたいな数で測らずに、質で測れるような活動がどれだけ続けられるかっていうようなことかな。

たとえばコンサート、音楽活動をやるにしても、必ず何とか公会堂の、聴衆が３００人以上集まるような場所じゃないとやらないみたいな方針にしている人は、それでうまく軌道に乗っちゃえば、そういうことしかできなくなってくる。でも、３００人の前と50人のステージでは、やることとか、集まった人との感触の伝わり方とかが全然違う。そういう小さいところでも活動するというのを、どれだけ戦略的に続けられるかなんだよね。

マイケル・ジャクソンとかマドンナとかは、ちっちゃいホールじゃできないじゃん。まわりの人がもうくっつきすぎてる。ひとりのマドンナのために、何十人とか１００人規模の人が動いていたりするわけ。

八代亜紀をあるイベントに呼ぼうとしたら、４００万かかるって聞いたことがあるけど、オーケストラがいれば、マネージャーがいて、運搬する人がいて、食事を調達する人がいて、化粧をする人もいればステージ衣装を管理する人もいるし、ライティングも音響も自分たちでやったり監督するスタッフがいるかもしれないし、とにかく大所帯になっていく。

そういう人たちが自分にくっついちゃったら、その人たちを食わせなきゃならなくなるから、どんどんギアが重くなっちゃうみたいなことになる。トラックだとかワゴン車みたいに小回りがきかなくなってくる。それでどこまで行けるのかっていう。

じゃあ作家はそういう小さい規模の活動をどうやっていけばいいのかが難しい。あまりないんだけど、小さい朗読会をやるとか、作家として読むなり書くなりの小さいスクールみたいな集まりを組織するとかということはあるよね。

でもそういうことが、とくに80年代に入ってから、全部分断されていくんだよ。大手に取られるようになっていく。

ぼくは西武百貨店のカルチャーセンターで働いてたんだけど、カルチャーセンターってのはショバ代があって、従業員の人件費もあって、しかも儲けを出さなきゃいけない。具体的にいうと、講師のギャラを受講料収入の4割に抑えたい。だから相当、人を集めないと成立しない。

でも、先生と生徒が自主的に集まれば、その4割のお金だけで済むでしょう。まあ、ショバ代は必要だからもう少しかかるけど、従業員の給料と会社の儲けの分は払わなくて済む。だからぼくはカルチャーセンターで働きながらも、どうしてみんなそういう集まりを自分たちでつくっちゃわないのかなと不思議だった。

70年代まではそういう動きはあったんだよ。こんな高いカネをもらって悪いなって思った先生は、授業が終わった後に喫茶店とか飲み屋に行って、みんなと2時間ぐらい喋ったりするっていう還元の仕方をしたりして。

ぼくがカルチャーセンターに入ったのは81年だけど、ああ、もうそういう形でゲリラ的に動くような社会じゃなくなったんだなって思ったんだよ。

革命を信じる

世界は前に進んでいない

三浦君（聞き手）の友だちがぼくの文章を読んで、「この人は革命を信じてるんじゃないか」って言ったって言ってたけど、それはたしかにそうなんだよ。

ぼくほど信じてる人は少数派ではあったけれども、60年代から70年代にかけては、そういうことを精神の背骨にしている人たちが多くいた。革命っていっても、いまの考え方でいうと、地域格差をつくらない社会とか、原発に依存しない社会とか、そういうものを目指すってことだけど。

アポロ11号が69年の7月に月面着陸したでしょう。そのアポロ計画とか、ロケットを飛ばすっていう計画全体は、テクノロジーの勝利だった。そのテクノロジー全体に対する違和感がすごくあって。

それは「はやぶさ」みたいな美談じゃなくて、公害を垂れ流していたテクノロジーがあれば、空をスモッグだらけにしたテクノロジーもある。

いまではそれをテクノロジーのほうが克服したことになっている。実際、昔と比べると空気を汚染しない自動車をつくったり、海を汚す廃水を出ないようにしたりっていうふうに、テクノロジーのほうが洗練されていったってことになっている。

でもこのあいだ、近所の八百屋さんがこんなことを言ってたよ。その八百屋さんは、奥さんのほうの実家が千葉で完全無農薬自然農法をやってる農家なんだって。で、その家の田んぼにだけはシラサギがいっぱい来るんだけど、他の田んぼには来ない。なんで来ないかっていうと、シラサギが食うためのドジョウや虫がいないから。

農薬使ってるから、昆虫や水生生物がそこで生きられない。それで鳥も寄ってこない。そういうものを、人間はみんな食ってる。放射能がどうだとかセシウムが何ベクレルだとか言っても、実際にはもっとものすごい量の農薬を食ってるんだよ。

タバコを吸うなとか、もうじきアルコール規制も始まるだろうけど、すでにわれわれは農薬や遺伝子組み換えの野菜とか、とにかく薬品漬けになっている。それは全部、アポロと同じテクノロジーで、原発も一緒なわけ。

だからなんでタバコやアルコールを規制するかって冗談で勘繰《かんぐ》れば、人はもう十分ぎりぎりのところまで悪いものを摂ってて、これ以上悪いものをちょっとでも入れたらパーになっちゃうから、それだけはやめてくれって（笑）。

だから若者は疲れている

そういうことに対する疑問というのが、やっぱり第二次世界大戦後にドンと出てきた。ハイデガーとか早い人はそれ以前からそういうことを問題として発言してたけど、50年代になると、いよいよ米ソの宇宙開発競争があってテクノロジーがどんどん賛美されるようになっていく。それは同時に、大陸間弾道のロケットをつくる技術でもあるし、監視衛星を飛ばすための技術でもある。

だからテクノロジーに対してそんないいところだけ賛美してもダメなんだよって思っている人たちがいた。ハイデガーはナチスに荷担もしたけど、テクノロジー批判もしたんだよ。声高に批判を表明するかどうかは個人のキャラクターによるけど、社会全体として漠然と「体制のやることは信じられない。あやしい」という感覚があった。

いまの日本人は「政府の原発の発表なんてあてにならないよね」って思っている人が多いでしょう。70年代までは、そういう「あてにならない」という感じを、国家とか体制全体に対して抱いている人たちがたくさんいたんだ。体制のやることなんてろくなことじゃない、自然を破壊し、自然の一部である人間も破壊していくものだって。

だから、そういった上から来るものに対して「草の根」って言葉が出てきたんだよ。学生運動とかヒッピームーブメントとか、公民権運動とか。消費者運動が目立って出てきたのも、60年代後半ぐらいからだと思う。消費者運動がなければ、生産者の理屈だけになっちゃう。だから対抗のためにそういったものが出てきた。

でも、そういった運動は70年代を通して押し合いへし合いしながら、黒人解放とか一部を除いて、全部負けていった。80年代に入ってぼくがカルチャーセンターに入社したときには、そういう草の根的な、自分たちで何かやるっていうことはもうほとんどなくなっていた。

というのも、体制、国家、大企業のやることがきめ細かくなっていったんだよね。あらゆる細かい要求に応えるサービスを生み出して、自分たちでは面倒なことをやらなくても済むように洗脳していった。

だけど、そういうきめ細かいサービスをさせられているのはそこで働いている人たちで、そういう人たちは本来小さなスクールみたいなところに行くことのできる個人個人なわけ。で、その人たちは疲弊させられてるんだよ。たとえば宅配便が2時間単位できめ細かく指定できて電話したら飛んできてくれるのが便利だっていっても、宅配便屋は大変なわけで、その同じことを自分たちもさせられている。

このあいだもNHK教育、いまEテレっていうんだけど、Eテレ見てたらさ、パソコンの使い方の講座をやってて、講師が、これ便利でしょ、これ速いでしょ、効率的でしょ、って言うわけだよ。それがどうしたんだよ。そんなこと、ハイデガーの前で言ってみろっていうんだよ。人生は便利と効率と速さかよっていう。人生っていうのは成長と深みだろう。そのために生きてるんだよ。

近代人が浴びた最大の洗脳

――テクノロジーに対するそこまでの違和感というのは、どこから来るのでしょうか?

それがわからないくらい、あなたはどっぷり洗脳されてるんだよ。

じつは近代人が浴びた最大の洗脳は、自分の命が何より大事ってことなんだよね。人ひとりの命が大事って言ってもいいんだけど。

このあいだテレビで、中国の田舎の村で虐殺の片棒を担がされてB級戦犯とかC級戦犯になった人が、それをやらなければ上官に自分が殺された、だからしょうがなかったって言ってたんだけどさ。

中国の村人を殺すんじゃなくて、そこで蜂起したり、蜂起して自分が殺されたり、上官を殺したりするようなやつこそが英雄じゃないかって考え方は、その人にもなければ、番組をつくってる人にもないし、聞いてるこっちにもない。

それをしなければ自分が殺されたって言われたら、そりゃしょうがないなって思うでしょう？　そこが大間違いなんだよ。

たぶん、どこかの時代のどこかの国、どこかの地域だったら、「そんなことをするよりは自分が死ぬ」「殺されてもいいから、そんなことはけっしてしない」っていうふうな人がいたと思うんだよね。そういう人たちがいる時代と地域があったはずなんだよ。

だから遡って考えれば、そういうことをさせないために家族制度とか戸籍が整備されたのかもしれない。

そこで体制に反逆するようなことをしたら、祖国の家族全員が処刑されるぞ、みたいな恐れがあるわけじゃない。処刑はされなくても、「あいつはとんでもないことをした」とか宣伝されて、家族が村八分にされるとかってことを恐れるだろうし。

でも、そんなの変わり者は恐れないよね。家族のほうも、うちの息子はそんな曲がったことはしないはずだから、それで何か罪を着せられても、そんなものはでっちあげにちがいない、だからわれわれだって胸を張って共同体から出ようって。そういう文化さえあれば、国は個人を操れないんだよね。

「効率」「便利」から距離を取る

「やつら」の正体とは何か?

よく、原発がなければ冬の暖房はないぞ、みたいな極端なことを言って原発の必要性を言う人がいるけど、そんな子供騙しはおいとくとしても、医療も含めて、もしいまのテクノロジー、科学技術がなければ、おまえみたいな虚弱な人間は小児喘息で死んじゃってるとかって言い方がある。

だけどそれはそれでいいじゃないか、それはしょうがないことなんだって思うんだよ。

……でも、ここまで言うことを過激にしてっちゃうと、次回が続かなくなっちゃうかな(笑)。だけど、そのだんだん過激になるとかって、そういう全体を見通したような考え方自体が、じつは管理する側の発想なんだよ。かまわないんだよね。べつに2回目にすげえ強気なこと言って3回目に腰砕け言ったってかまわないんだよ。そういうつじつま合わせなんかしなくていいんだよ。

でもいちばんきついのは、「おまえの子どもが……」っていう話。「おまえの子どもだって死んじゃうんだぞ」って言われるときついんだけど、いま1人や2人しか子どもがいないからきついんだけど、昔は死ぬ可能性もあるから、もっとたくさん産んでたわけじゃない。だから、一部だけ取り上げるような考え方はおかしい。そうなったら、1人や2人じゃなくて5人ぐらい産むようになるし。……いや、この言い方は無責任すぎるな。だから、部分だけの話じゃないから、「おまえの子どもだって死んじゃうんだぞ」という脅しの中にすでにワナがあるんだろうな、いまここですぐにはわからないけど。すぐに生きるとか死ぬとか、極端なことを言う人はだいたいあやしいんだよね。って、ぼくが勝手に言って、勝手にあやしいって言ってるみたいだけど。

死は悲しいし、怖い。この世に死がなければ、こんなにいいことはない。でも、いつか必ず来る。永遠に先送りできるわけじゃない。これだけ医療が発達しても死だけは避けられないのに、それを避けようとするがあまりおかしなことになってるんだよ。それが全部反転して、やつらの——体制とか大企業とか国家とかっていうのは「やつら」って言うのがいちばんいいんだけど——思うつぼにはまる。

それじゃ、そのやつらって誰なのかというと、それはハイデガーが言って、木田元もそう言ってるんだけど、テクノロジーっていうのは勝手に動くんだよ。人間には止められない。やつらというのはそういう、人間をどんどん人間じゃないものにしていくような、人間から尊厳を奪っていくような力学のことだよ。

iPhoneなんていらない

考えてるのは、テクノロジーが万全になっても幸せにはならないっていうこと。幸せになる選択肢は別のことなんだよ。じゃ、それは何なのか言えって言われてもそれは言えないんだけど、そういう問題じゃない。

たしかに、昔は電話ひとつ引くのにも電電公社に半日並ばなきゃいけなかった。整理券すら出してくれないで、ひたすら椅子に座って順番を待つ。それで半日か一日かかってやっと電話が引けるという。いまはそんな面倒は全然ない。でも、それは便利になったというだけで幸せになったわけじゃないでしょう。

そういう便利な世界にするのがやつらのワナなんだよ。やっぱり電話引くために半日、一日並ばなきゃいけない、この不便さがきっと何かだったんだよ。何かを止めてたというか、何かの堰《せ》き止め機能になっていた。

そこで便利さや効率を追求して、「電話一本で全部できます」みたいなことにすることが、じつはそこで働いている人を疲弊させてるんだ。それは電話局の人を疲弊させただけじゃなくて、宅配便屋も疲弊させて、コンビニで働く人も疲弊させて、っていうふうになっていった。

アマゾンで本が簡単に買えるようになったとかって言うけど、簡単に買えるだけで、簡単に読めるわけじゃない。iPhoneがあれば、電子書籍がどこでも読めますとか、重い本も軽く持てますとか言っても、最後に読むのは個人の力でしょう。

仏教でもキリスト教でも、町から離れたところにお寺を建てたり、修道院を建てたり、女と触れ合うなとか言ったりして、形の上からものすごい束縛をして禁止をいっぱいつくるけど、やっぱりそういうことをしないと人間はやるべきことをさぼるんだよね。

iPhone持って、あれが見れる、これが見れる、レストランがすぐ見つけられる、ウィキペディアでこれが調べられるとか言ってるけど、それだけのことでしょう。その時間がラクだから、ドストエフスキーを読む時間が減るんだよ。

便利になったら時間がなくなった

最近、鎌倉のお袋と会話するために、うちのマックにスカイプを入れたんだよ。そしたら動作がものすごく遅くなってネットにつながらないの。

つなげようと思ったら、午前中の10時から12時ぐらいにやれば、のそのそつながるんだよ、昔のダイアル式ぐらいにのそのそ。だから、いろんな調べものをしたりはできないから、どうしても必要な調べものとかだけ、ちゃんと準備しておいて、その時間にまとめて調べるようにしてたんだ。

ところが知り合いが、グーグルクロームってブラウザがいいんじゃないかって教えてくれて、それ使ったら、その重くなったマックでもそこそこ速くつながるんだよ。

グーグルクロームを教わるまでの1週間は、ほとんどパソコンを使わずに他のことができたから、やっぱり時間があったわけ。で、グーグルクロームで速くつながるようになったら、やっぱりネット見ちゃうんだよ。それで、時間がなくなっちゃった。

そんなこと言うなら、べつにグーグルクロームをインストールしてからも前と同じようにすればいいじゃんっていうのは理屈であって、それができたら永平寺は街の中にあるよ（笑）。覚悟の決まった禅僧だって、街の中じゃ修行できないんだよ。

自分の中身が空っぽになった

昔は編集者でも博覧強記そのものみたいな人がいて、生年月日を知ると、「やっぱり明治生まれか」なんてことがあって、明治生まれの人が死んだ後も、「やっぱり大正だったか」ってことがあったけど、昔の人ほどラジオもテレビもなかったり、そういうものに親しんでないから、とにかく本を読んでいた。

いまじゃぼくもアマゾンで年に何百冊買ってんだか知らないけど、そんな買ってもしょうがないんだよ、どうせ読まないんだから。

コピーがなかった時代は不便だったと思うけど、南方熊楠《みなかたくまぐす》なんて大英博物館に行って必要な資料は全部ノートに書き写してるんだよね。だから覚えたんだ。コピーしてもやっぱり覚えないんだよ。

コピーが一般化したのも80年代に入ってからで、それまで学生は、ノートは借りてきて手で書き写すもんだっていう考え方だった。それがコピーになってからは、コピーするだけで読みすらしないようになっちゃった。便利になって情報をたくさん取れるようになったようでいて、じつは全然取れていない。

コンピュータってもともとは脳の拡張だっていう発想があったんだけど、宮台真司が90年代の終わりぐらいに面白いことを言っててさ。宮台真司って59年生まれなんだけど、学生時代、専門分野のことは隅から隅まで記憶しているような教師がいたっていうんだよ。でも、外部脳としてのコンピュータがもっと一般的になって簡単に調べものとかができるようになったら、そういう何でも知ってるような教師に存在価値はなくなるなと思ってたっていうんだけど、その後、自分が本当にその外部脳であるはずのコンピュータを使いこなすようになったら、自分たちの中身がスカスカになっていたって。それはすばらしい指摘だと思うんだよ。

そういう人たちの知識って、日本で18世紀に何かが起きたそのときに、ヨーロッパの同じ時代に何が起こったとかってことが横つながりであったり、時系列で有機的につながってるんだよね。一つひとつの細かい事項の説明だけじゃなくて、同じときに横で何があったからこれがあった、前に何があったからこれになって、その後これになるみたいな形で頭に入ってるから、奥行きも広がりもものすごくある。

ウィキペディアで調べてるだけではそういう理解はできない。同じ理解に達しようと思ったら、ウィキペディアを使っても同じだけの労力をかけて同じだけの分量を読まないといけないわけだけど、そんなことウィキペディアを使ってやる人はいないよね。

第3講　ぐらぐらしたものをそのまま捉える

逆に「あて」にして考える

アメリカの逆を行けば間違いない

　このあいだ新宿で芝居を見た後、ラーメンが食いたくて食いたくてどうしようもなくなっちゃったんだけどさ、最初の目当ての店が入口で人がごった返していっぱいだったから他に行かなきゃならなくて、でも、なかなかラーメン屋が見つけられなくて、それでようやく見つけた店が、なんかさびれたビルの2階だったんだ。イヤな予感がしたんだけど、ラーメンが食べたくてしょうがなかったからその2階に上がっていって店に入って注文したら、来たラーメンはやっぱりまずそうなわけ。

　でも食べてみたらどうかと思ってもやしを食ったら青臭くて、それで麵のほうはどうかっていうと、こっちもくわえた瞬間、ぬるぬるしていて旨味がまったくない。ぼくのイメージで言うと「カエルの舌」なの（笑）。

　子どものとき一度カエルをいじめて、体長20センチぐらいの大きなカエルだったんだけど、そのカエルの舌を引っ張って内臓を出したことがあるんだけど、そのときのカエルの舌の印象がずっと残っていて、いまこんなところで出てきたという。あのときカエルをいじめた呪いがずっとつきまとってるんだよ。そういうことをすると一生尾を引くんだ。だからカエルをいじめてはいけません。そういう話。

でさ、TPP（環太平洋戦略的経済連携協定）ってどう思う？

――とにかく交渉に参加しないと孤立してしまうというイメージがあるので、何にせよ手を挙げたこと自体はよかったのかなと思っています。

なんとなくそう思ってる人は多いんだろうけど、TPPを推進しているのはアメリカなんだよ。よそじゃない。アメリカが言ってるんだよ。

でも、アメリカって自分の国の得になることしか言わない国でしょう。相手の国の損なんか何も考えない。最近、「w・i・n－w・i・n」って言い方が流行ってるけど、w・i・n－w・i・nなんてアメリカは考えてない。

人を根絶やしにしても自分が肥えるということしか考えない。たとえばバナナって中南米でよく獲れるけど、あれはユナイテッド・フルーツっていう、日本でいう満鉄みたいな会社があって、それが中南米にどんどんどんどん入っていってある意味、合法的に植民地化していったんだよ。その土地にもともとバナナがあったわけじゃなくて、ユナイテッド・フルーツ社が国全体をバナナ園にしちゃった。

アフリカにしたってコーヒーの産地だって思われてるでしょう。でも、アフリカにもともとコーヒーがあったかどうかなんてわからない。ヨーロッパの国がコーヒーを植えていったんだよ。カカオだって同じ。たとえば、もし日本が強ければ、ソバを大量生産するためにカナダにソバを植えるとか、デカン高原にソバを植えるとか、そんなような話。もともと、そこでじゃんじゃん栽培されてたということではないわけ。

アメリカはバナナに向く向かないにかかわらず、すべての土地でバナナをつくっちゃう。だから、いろんなものをつくるより収穫量は当然減る。まずそこがひとつ貧困のもとになるのと、バナナしかつくってないから土地の人が十分に食うだけのものがつくれなくなる。それで、二重に飢えや貧困が出てくる。アメリカのやってることは全部そういうことだよ。

だから、アメリカが「やろう」って言うことは「やらない」のが正しい。

「この人の言うことをあてにしてれば、まあ問題ないか」っていうのを何人か頭の中に置いとくとして、その人が褒めるのなら、それは逆にやめといたほうがいいって考えるのなら、そのいちばんいい例になるのがアメリカだよ。アメリカが言うことはやらないと考えておけば間違いがない。

「説明できること」はたいしたことじゃない

「ミスター円」と呼ばれていた榊原英資さんっているでしょう。このあいだあの人も、アメリカはペリーの昔から恫喝《どうかつ》外交しかしてないって言ってたよ。まだ昔の、江戸時代の幕末の日本人だったら、アメリカに対して粘り強い交渉ができたんだろうけど。

少し前、白洲次郎が脚光を浴びたのも、戦後の日本人としては珍しくアメリカと対等以上に渡り合えたからだよね。彼はケンブリッジに学んで、GHQのアメリカ人よりちゃんとした英語が喋れて、身長も映像から推測するに180センチじゃきかないね。190ぐらいあったんじゃないか？　それでアメリカ人に対する劣等感がまったくなかったから、GHQに対して怒鳴ったりもできた。でも、いまはアメリカの言いなりにならないようなそんな政治家は日本にいないんだから、交渉の場に参加なんかしちゃまずいんだよ。

財界人なんてもっとひどいでしょう。雇用を創出して地域に貢献するというのは企業の使命だよ。それをよその国に工場つくっていったい何をやってるんだよ。

TPPといえば農産物のことがよく言われるけど、農産物なんて何番目かの小さい問題であって、いちばん大きいのは金融と医療の自由化なんだよね。これをやってしまうと、本当にアメリカみたいな貧困大国になっちゃう。

つまりアメリカがTPPで狙ってるのは日本のカネだよ。日本の貯金なんだよ。

孤立するのが怖いっていうけど、べつに孤立は悪いことじゃない。孤立っていうと、自動的に悪い意味に取ってしまうけど、江戸時代の日本の鎖国だって孤立でしょう。

孤立したから栄えたんだよ。孤立して、世界の荒波に巻き込まれないようにしたから栄えた。からくり人形とか日本刀とか日本独自の精密な技術とか文化を発展させることができた。自由主義経済に巻き込まれない戦国大名とか室町の大名に抱えられた刀鍛冶《かたなかじ》の集団があったから日本刀はよくなっていった。で、大名の力が落ちた江戸時代には刀鍛冶の技術はすでに廃れはじめていた。

そうした技術は、閉鎖的な集団じゃないと上がらないんだよ。言葉で説明しなくても「あ・うん」の呼吸で行けるような集団じゃないと、技術なんか上がらない。

その正反対なのが「マニュアル」だよね。すべてを口で説明できるようなものにすると、ファーストフードの店員のカウンターの仕事のようなことしかできない。

だから、なんでも開かれたほうがいいっていうんだったら、それこそファーストフードのカウンターの販売員がいちばん開かれた職業であって、反対に陶芸とか彫刻とか、そういうことをやっている職人集団の人たちは外の人には通じない形でコミュニケーションをしているから閉じているわけだけど、「いったいどっちを残したいか」「どっちがいい仕事をしているか」と言ったときに、「やっぱり開かれてるほうがいいですね」なんて言ったらバカでしょう。

なぜ「孤立」はネガティブに感じられるのか？

たぶん人間社会っていうのは閉じて技術を洗練させて富を蓄えて技術を上げていって、開いてそれを「わや」にしちゃう、その繰り返しをしてきたんだよ。それが、いまはずっと「開く」がいいということになっている。

外に対して開かれているか閉鎖的であるかということについて、開いているほうがいいと無条件に思わせるプロパガンダが浸透しちゃってるんだ。考えるための基本の部品、最低単位から洗脳されちゃってる。だから、やっぱり「孤立」よりは「開かれている」ほうがいいっていうふうに思うでしょう？

ＴＰＰについて考えるときに、そこで「孤立しちゃうから」と言われると、それが結論だと思っちゃう。

でも、孤立のどこが悪いんだ。それは全部プロパガンダでつくられたイメージだよ。明治維新ぐらいからつくられてきたイメージだろうけど、それが最近はいっそう加速してきている。

ぼくの『書きあぐねている人のための小説入門』（草思社・中公文庫）で言っているのは、肝心なことはマニュアルに書かれているようなことじゃなくて、あなたのやる気と考える気力だけだ、みたいなことに最終的には行き着くんだけど、そうすると「それでは何も語っていない」と思う人たちがいるんだよ。

だけどファーストフードの仕事みたいに、手順をマニュアル化するだけでは、何を伝えることにもならない。

「不安定なもの」を見つめる

歴史も国境もぐらぐらしている

学校では地理とか歴史って、すごく動きのない、確定したもののように教えられるよね。たとえば「国境」っていうとそういうものがはっきりとあるものだと思ってるでしょう。誰かがそういうふうに決めたものだって。

ところが国境というのは、そんなにはっきりしたものじゃない。いま、世界には国と国より上の単位ってないよね。県の境目だったら、国が「こうしなさい」と上から言えるけど、国より上の単位はないから、誰も「こうしなさい」とは言えないわけ。国連にもそんな拘束力はない。だから、国の境目は国と国が決めるんだよ。

てことは、主張の張り合いなんだよね。だから、国境っていうのはいつも押し合い引き合いしてるんだよ。その一応の力関係が一致している場所に過ぎないから、国境線は固定されたものじゃない。

だけど学校の授業では、時間的にも空間的にも、何かがあるときを境に始まりました、終わりました、ここからこうです、これはここまでです、みたいな教え方をするでしょう。

だから年表なんていくら教わっても歴史がわかるわけじゃないんだよ。

そういうことよりも、本来なら、何かひとつの境目が押し合いへし合いでぶよぶよしているようなイメージを、歴史なら歴史でひとつの事例について深めていくとか、地理なら地理で境界の曖昧な一カ所についてとかを1年かけて学んだほうがいい。

たとえば江戸時代は、一応幕府がすごい中央集権の勢力ではあったけれども、そうは言っても、それぞれの大名の主張し合いの社会でもあった。

それをいちばんわかりやすいイメージで言うと、いま、日本の政府は外から見ても、われわれから見ても日本を代表する集団なわけだけど、そうである理由は、軍隊である自衛隊と警察が政府の言うがままになってるからでしょう。

たとえば反原発のデモがあると、それをまわりから監視しているのは警官なわけだけど、その人たちが反原発のほうにシンパシーを持って、そっちのほうに賛同しちゃったらそのデモは境目がなくなっていく。

確固としたものなんてない

昔、中国の鄧小平《とうしょうへい》はいろんな問題が起こっても、最後まで立場がずっと強かったわけだけど、それは軍部を握ってたからだって言われている。

軍部っていうのは、その国の支配下にあれば国の言うことを聞く組織だけど、勝手に暴走しだすと満州国をつくった関東軍みたいになっちゃう。だからもし自衛隊に突然、変なカリスマが現れて、自衛隊が政府の言うことを聞かずに自衛隊の統合幕僚長の言うことを聞くようになると、自衛隊は政府の外に出てしまう。

だから、国には警察があって自衛隊があって、それとはまた別に海上保安庁があってそれから国会があって、県庁所在地があってっていうことが当たり前のように考えられているけど、ちょっと不安定な状態になると、いったいこれは誰が統率してるのかって話になる。

自民党のシステムがうまく機能していた何十年間か、強い政府が地方から税金を取って、その税金を国が差配してっていうのが成り立っていたのは、国からの見返りが大きかったから、地方の人たちが、国に差し出す上納金についてつべこべ言わなかったからだよ。

でも小泉が地方を切り捨てて、国からの見返りを小さくしちゃったから、今度は地方の人たちが怒って、中央政府の言うことを聞かなくなってきたっていうのがいまの状態でしょう。だから、国みたいなものにしたって、上からの指示が簡単に下まで伝わるというような単純なものではまったくない。ロシアを見ればよくわかる。もっともロシアは連邦だけど、日本人にはまずこの、連邦制っていうのがピンと来ないよね。国って全部、日本みたいだという考えからなかなか抜けられない。

だから、話は大回りしてるんだけど、江戸時代の幕府なんて、いまの政府とはくらべものにならないほどぐらぐらしたものだった。

幕府を強くするために参勤交代だとか、いろんなことをさせたわけじゃない？　でも、やっぱり幕府が弱くなって、あっちこっちで力を蓄えた藩が出てくるわけで、幕府っていうのはそういうぐらぐらしたものの上に乗っかっていたわけだよね。かろうじて乗っかりながら、交渉や戦略によって藩の力を押さえつけているっていうところがあった。

幕府が絶対的に強いわけじゃないから、それぞれの藩の人たちはその人たちで、自分たちの力でやっていかなきゃいけないって気持ちは強かっただろうし、土地とか空間に対してあまり固定した概念ってなかったんじゃないかな。

現代は「安定がいい」って考え方が当たり前のようになっている。学生の就職が安定志向になったとかいうと、それが無難なのかなというふうに思うけど、安定志向の生き方は、世の中が安定してないとどうしようもないんだよね。

安定が崩れたとたんに、もう何も役に立たなくなる。だから安定がいいって簡単に思っちゃうのはまずいんだよ。

危険なときこそ攻めろ

だいたい小説を書いたり、ものをつくったりする人は安定がいいなんて思っていない。みんなそんなふうには思ってなくて……いや、思ってるやつも多いね、実際には。

いくつかのノウハウを身につけたら作品が量産できるとかってバカなことを考えている

「安定派」はいるんだけど、まあそれは邪道として弾くとして、つくるってことは不安定なことで、その不安定さを乗りこなす感じなんだよね。

ぼく自身、ものを書く過程でいっそう安定がいいっていうふうな考え方はなくなってきた。棋士の谷川浩司は「危険なときこそ攻めろ」って言ってるんだよね。

やっぱり弱い人は自分の王様が危険だと思うと、守りに一手費やすわけ。だけど、相手が攻めてきて危険だと思ったときに守りに駒を使うんじゃなくて自分が攻めると、その一手に対して今度向こうは守りに一手使うことになる。

攻め駒が4個あったものの1つを守りに使うと攻め駒が3個になる。3つになったらもうその攻めが成立しないってことになるのなら、一手攻めに使ったほうが安全だということになる。

とにかくやみくもに守るっていうのがいまのよくある発想だけど、攻めたほうが安全な場合もあるんだよ。でも、そのときの「安全」は、本当に安全なのか危険なのかというと、わかんないんだよね。危険なほうに踏み込むからこそ生き延びられる。

いま、力を持ってる政治家って、世代としてはぼくの同世代か下になってきているから、彼らが安定をよしとする教育の中で育ってきたっていうことがよくわかる。

もっと上の世代の人たちは、学校教育としては安定を教わってきたとしても、育ってきたのが不安定な社会だから、不安定なものを受けて立つみたいなところが自然と身についていた可能性はある。でも、あくまで可能性で、そんなちゃんとした人たちが政治を担ってきたのならこんな国になっていない（笑）。二世三世の政治家だらけってことは、政治が世襲制になっているということで、この現状は北朝鮮を笑えない。

ともかく、いまの政治を動かしている世代は、危険に踏み込んでいくような感覚なんて持っていないから、どうしても安定のように見える道から離れることができない。

「外猫の幸福」を考える

現代は「奇妙な戦争」のまっただなか

「ユーロの危機」とか言われてるけど、いまは軍備を使わずに、経済や貨幣で戦争している状態に思えるんだよね。誰が誰と戦ってるかわからないんだけど、とにかく戦死者のように犠牲者はものすごい数が出ている。食えなくなって死ぬ人もいれば、倒産して死ぬ人もいるし、過労で死ぬ人もいる。

今年（2011年）の初めにNHKでジャック・アタリのロングインタビューをやってさ、その中で、もう国というのが機能しなくなってきているから、早いとこ、国際的な規制をいろいろとかけないと、いろんな国が何年までに破綻《はたん》するみたいなことを言ってたよ。連鎖倒産じゃないけど、その速さはアタリが考えてるよりもっと速い可能性もある。

だから、前にも言ったけど、多少損しても、多少高いカネを払っても近所の小売店を守らなきゃいけない、有機農法を守らなきゃいけない……みたいな何か自覚的な行動を取っていかないといけない。こっちのほうが安いとか、損だ得だだけで行動していると、そういう流れにどんどん飲み込まれていってしまう。

だいたいカネのやりとりが中心のいまの社会ってすごい無法地帯に思えるんだよ。自由競争とか、自由主義経済とかって、自由って言葉が出てくるとそういうことになっちゃう。

東証マザーズで1株何十万円とすべきところを担当者の入力ミスで何十万株を1円で売るとかって間違った発注になっちゃった事件があったでしょう。

その瞬間にすばやいやつらは、「これは入力ミスだ」と思ってすぐに買って、みずほ証券が大損したって話だけど、そんなの善意で成り立ってたらあり得ないじゃん。「間違ってますよ」と一言言って、丸く収まるはずのことだよ。

それを平気で大儲けして、テレビで顔隠してさ——まあ、顔隠すこと自体おかしいけど——誇らしげに手柄話を喋ってて。こんなのおかしいじゃない。だから、いまの社会っていうのは無法地帯なんだよ。

「カネが儲かる」は結論にならない

……また「大きな話」になってきてまずいと思ってるんだけど、ぼくのこういう話の判断の根拠は、社会の情勢を勉強したりして、論壇的な意味で言ってるわけじゃないんだよ。みんなが簡単に結論づけてしまったりすることに対して、「なんでそうなんだろう」「本当にそれが結論なんだろうか」とずっと考えて書いたり読んだりしているうちに出てきたことを言ってるんだ。だから専門家が聞いたら笑うかもしれない。でもその専門家をこっちは認めてないわけだから。

いま、ちくま学芸文庫に入ってるけど吉田健一の『東京の昔』っていう小説があって、1930年代の東京のことを回想したものなんだけど、出版が昭和49年だから1974年までに連載でもしていたんだと思う。

そこには1930年代の東京とか、町のこととか、人が生きている様子が綴られているわけだけど、そこで主人公が住んでる賄い付きの下宿屋のお婆さんがさ――お婆さんといっても、「おしま婆さん」とみんなが呼んでるからこっちも婆さんと呼ぶがたいして年でもないって書いてあってたぶん40代、50代ぐらいなんだけど――下宿屋をやってる。

その婆さんに、主人公が、「自転車屋の勘さんが新しい自転車で大儲けしたら、もっといい生活ができるよ、お金入るよ」って誘導したら、おしま婆さんは、「お金入ったって忙しくなるだけじゃない」って返すんだよ。それはそのとおりじゃない？

当時の東京はお金が入ったって忙しくなりゃ意味がないっていうような人がほとんどで、そういう人たちがいるのが町というものなんだ、人が生きる町ってこういうものなんだ、というようなことが、ノスタルジーじゃなく描かれている。

いまはみんな「お金がガバガバ入る」って言うと、それが結論のようになってそれ以上考えようとはしないじゃない。でも、お金が入ってどうするんですかと。お金が入る、それはよかったって、ホリエモンじゃないんだから。

野球選手にしたって、年収2億も4億ももらってどうするんだって。それで地下にトレーニングルームつくったりするのは自分の仕事に関わることだからまだいいけど、それで高級時計とかいくら集めたってしょうがないでしょう。腕は2本しかないんだから。

佐々木がベイスターズにいたとき、清原と喋っててさ、清原は「おまえの年俸をちょっと使って横浜スタジアムを天然芝にしろよ」なんて言って、佐々木がビビってたけど（笑）、それぐらいしたっていいんだよ、ほんとに。

「三丁目の夕日」がダメな理由

『ALWAYS　三丁目の夕日』って映画は昭和30年代前半の話で、あれは東京タワーをつくっている時代が背景だからかなり明確な時代設定なんだけど、ラストで大晦日に堀北真希が青森に帰郷するとき、上野駅から東北に向かって出た電車と並行するようにして堤真一がオート三輪で追いかけていって堀北真希に声をかける。

で、そのあと、ラストなんだけど、土手でオート三輪を降りて、東京タワーの脇に夕日が沈むのを見る。しかし、それはあり得ない。

東京タワーって港区だから、上野から東北に向かっていく電車を見送って、その直後に夕日が沈む方角を見て、向こうに東京タワーが見えるはずがない。東京スカイツリーなら見えるかもしれない（笑）。だから、時代は特定しているかのようなのに、方角で全然ウソをやってしまっている。「携帯もパソコンもTVもなかったのに、どうしてあんなに楽しかったのだろう」なんて宣伝をしてたけど、そういうやり方だと昭和30年代を美化しているだけになる。

それだとただのノスタルジーになっちゃうんだけど、でもやっぱり昭和30年代のほうが幸せだったと思うんだよね。その昭和30年代を見ていた吉田健一は、昭和の初期はもっと幸せだったと言う。幸せだったというか、人が住みやすかったと考えている。「三丁目の夕日」風のキャッチコピーで言うなら、「食中毒はあったたし、結核もあったし、生まれてすぐ死ぬ赤ん坊もいっぱいいたけれど、人は幸せだった」。

それも問題でさ、いまの人は幸せなようでいて、やっぱり幸せにしてないんだよね。いまも う、みんなはっきりそう思ってるよね。

早死にする外猫の幸福

――条件を考えると、ずいぶん恵まれた時代に生きてるなとは思うので、自分たちは幸せなんだと自分で自分に説きふせているみたいなところはあるのですが。

でも、やっぱり幸せになってないよね。だから豊かになった、便利になった、清潔になったっていうことは幸せの条件じゃなかったんだよ。

ぼくが面倒を見てたマーちゃんっていう外の猫がこのあいだ、10月14日に8歳で死んで、まあ外の猫としてはそんなに早死にじゃないのかもしれない、微妙なとこなんだけど。そのきょうだいは3匹いて、1匹は2歳で行方不明になっちゃった。だからたぶんどっかで死んじゃった。それだけオスだった。

残りメスが2匹いて、これはすごい元気。いまでもバリバリ元気。

で、マーちゃんだけが1歳になる前にウィルス性鼻気管炎っていうウィルス性の鼻カゼになっちゃった。ウィルスだから、一度入ったら黴菌《ばいきん》と違って抗生物質では退治できない。インターフェロンでうまくいくときもあるんだけど、結局それも効果なくて。

1歳になる前から鼻をグズグズいわせて、でも2003年7月生まれで、2006年の11月までは間違いなく元気だった。2006年の11月に一度ひどく死にかけて1週間ぐらい出てこなくなったことはあったんだけど、またそこから回復して、とにかく2010年の春までは元気だった。

2010年の夏の暑さから一気に調子が悪くなってきて2011年の10月14日に死んだんだけど、2010年の7月ぐらいからは本当に大変な日が多くて、元気がなくて、人間で言うと病床であんまり動けなくなったみたいな感じだった。

でも、そのかわいそうなマーちゃんっていう猫を慰める意味だけじゃなく言うんだけど、やっぱり外の猫の1年、猫が外で暮らす1年は、家の中で飼われる10年よりも楽しいんじゃないかと思う。

そこが微妙なところで、だからといって、「やっぱりおまえ、これからは自由に出入りしろ。外の1年は中の10年より濃密だぞ」とか言っていま家の中にいる猫を外に出す気は起きない。そこが本当に困るところなんだよ。

もっと荒っぽい人だったら、そう思った瞬間に外に出しちゃうのかもしれないけど、外に出すとテリトリー争いでケンカをしたり、いろんな目に遭うことになるわけで、でも、それが幸せなんだよね、猫にとっては。

だけどいまの獣医学とか、猫の飼い方とかの本はすべて、病気にしないように、ケガをさせないように、やっぱり猫は室内で飼いましょうっていうことになってるわけ。

それはいまを生きている人間のこしゃくさの投影なんだよ。でも正直、外で暮らす1年っていうのはやっぱりずっと幸せで、その猫としての本当の楽しさを知らずに10年、20年って生きるのが、家の中で飼われる猫の人生だと思うんだよね。

旭山は「動物の楽園」ではない

だから食中毒がなくなるとか、赤ん坊が死ななくなるとか、そういう条件を見て快適に豊かにしていくことは、幸せの材料じゃないんだよね。それが20世紀の公理系みたいなものだったわけだけど、間違いだったのかもしれない。……ということはさ、前に言った普通選挙、男女平等、戦争放棄、死刑廃止という大きな目安ももしかしたら間違いである可能性もある。百年千年単位で見直される公理系という意味での、あくまでも可能性だよ。

動物園で飼われているトラと、自然の中にいるトラはどっちが幸せかっていったら、一目瞭然じゃない。いまは旭山動物園みたいに、動物を本来の姿で飼うようなところが増える流れにあるみたいだけど、じゃあ、なんで動物園なんかあるんだっていう。

動物園って、写真はあってもビデオはないというような時代につくったものでしょう。いまや、もうこんなにサバンナのドキュメンタリーとかがあって、動物がどういうふうに生きてるのかは実物を見るよりずっとイメージが持てるようなときに、動物をわざわざ捕獲してきて飼うっていうのはどうなんだろう。

それこそ人間の楽しみか、最大限によく言っても教育のためでしょう。そんな権利は人間にはないよね。もっとすごいこと言えば、人間動物園っていうのもかつては存在したんだよ。

ウィキペディアでも調べられるよ。

動物園の動物と自然の中にいる動物はどっちが幸せかって言ったらわかるように、外にいる猫と家の中にいる猫、どっちが幸せかって言ったら、飼っている人たちは、自分が家の中に入れているその判断を責めたくはないから、いろんなことを言って、家の中で飼うほうが幸せだというような言い方をするわけだけど、やっぱり外にいるほうが幸せなんだよ。

第4講　「カネを中心にした発想」から抜け出す

「好きなこと」を追いかける

「情報収集」なんてしなくていい

——保坂さんは「お金中心の考え方から抜け出そう」とおっしゃっていますが、実際にいま本当に厳しい状態で、「お金がなくてこれからどうしよう」「将来が不安だ」と思っている人には、どういう言葉をかけられますか?

現代社会のマネーの問題のひずみについて、その解決策をマネーの話で処方しようという発想が間違っていて、ぼくの場合は小さい話をしたほうがいいと思ってる。

だから、日本の年間の自殺者は3万人になっています、世間はこんなに大変な状況です、ということに対するぼくの回答は、たとえば「カフカを読むことだ」っていうことになる。対抗すること、カウンターを出すことが遠回りだけど解決になると思う。

現代社会と戦うのに自分の足場を何で固めるかって考えたときに、現代社会を乗り切るための知識や知恵を詰め込んでいってもたぶん現代を乗り切ることはできない。そういう知識を入れれば入れるほど、じつは飲み込まれていく。

だからそんな情報は入れなくていい。そういうものは入れなくたって自然に入ってきちゃうものだから。新聞を読まなくたって見出しで入ってくるし、テレビをつけていたらニュースから全部入ってきてしまう。

わざわざ自分の時間を使うんなら、やっぱり小説を読んだりしているほうがいい。新聞とか何かの入門書とか解説書とかだったら、テレビを流しっぱなしでも読めるんだけど、小説は読めない。小説はそこがすごいんだよ。

芸術は「技術」ではない。では何か？

その小説を読む時間の重要性をどうやって伝えるか、伝えるために考えるっていうのがぼくにとっては重要なんだけど、その話はまたするとして、ちょっと話を迂回すると……あの、立川談志って声を守ろうとして、声帯の除去を拒否しつづけたのが命取りになったっていうよね。

でも声帯を取ればもっと長く生きられたとしたら、どうして手話落語とか筆談落語とかをやらなかったのかなって思うんだよ。そういうことを考えなかったのが失敗だとかそういうことを言いたいわけじゃなく、なんでそういうことを考えなかったのかなと。

——ずっと喋りでやってこられたので、他のスタイルではそれ以上のものができないという考えがあったんじゃないでしょうか。

なんかそれって「相棒」の杉下右京と亀山薫みたいなやりとりだよね（笑）。とりあえずこの場は納得しちゃおうっていう。でも、それは凡人の考えることじゃない？

落語だって本当の名人になると、そんなにきちんと喋る必要はないと思うんだよ。ここが工芸と芸術の違い、職人とアーティストの違いで、工芸っていうのは技術だけど、アートは技術じゃない。

誰だって歳を取れば口がうまくまわらなくなるし、頭にあることをすばやく言えなくなってくるから、立て板に水っていうふうにはならなくなってくるわけでしょう。

でも名人だったら、ろくに喋れなくてもいいと思うんだよ。それでも十分に笑わせるか、笑わせなくても、なんか満足させられればいいわけだよね。流れるように喋るとか笑わせるとかっていうのはまだ技術にこだわっているわけで。

だから芸術っていうのはコンセプトの問題であって、技のことじゃないんだよ。

「生きる幸せ」は「名声」にはない

それでついこのあいだ聞いたんだけど、平凡社の東洋文庫ってあるよね。

いまから何年か前の話らしいんだけど、あるとき平凡社に「私は50年前に東洋文庫の執筆を依頼された者です」って電話がかかってきたんだって。当然、80過ぎのおじいさん。いや、70代ということもあり得るか。

で、「最初の編集者は引退されて亡くなりました。2人目の編集者も引退されて、その後はそれっきり編集者はついていませんけれど、50年かかって原稿を仕上げました、2000枚です」って言うわけ。

その電話を受けたのはわりと入社間もない人だったんだけど、上の人に相談したら、「会社の威信にかけて出版する」って話になったんだって。細かいところで聞き間違い、記憶違いはあるかもしれないけど、大筋としてそういう話。

それでぼくが何を思ったかっていうと、その電話をしてきた人は50年間同じことを研究して書きつづけてきたわけだけど、そういうことがいちばんの幸せだと思うんだよ。

世間に忘れられるとか脚光を浴びるとか、そんなこととは関係なく、50年間やりつづけられるものを持っていた。これにかなうものはない。

いま、そういうことはやりにくくなっているし、そういうことが通じにくい時代なんだけど、生きる幸せってそういうことだと思うんだ。

昔、ぼくが小学校から中学にかけての頃に一度ならず聞いた話で、太平洋戦争の時代、ある学者が象牙の塔に立てこもって研究にあけくれていて、戦争があったことも知らなかったっていう話があった。その話自体は本当はフィクションかもしれないけど、それはとてもネガティブなこととして語られていたんだ。そういうことがプロパガンダになるんだよね。そんな世間から隔絶《かくぜつ》して自分のペースを貫くのはバカなことだっていうプロパガンダ。

でも、平凡社の話のその人もそうだけど、やっぱりそういう人は立派な人、美しい人だと思う。

追いかけられるより追いかける

このあいだNHKの「日曜美術館」でも、桃山時代くらいに描かれた王侯騎馬図についてやっていて、それは日本人が屛風《びょうぶ》に描いたものなんだけど、ヨーロッパの王様が馬に乗っている図が西洋画の画法で描かれてるっていうのね。

まだ西洋画がなかったときに、そういうものを描いた人たちがいる。

なぜかというと、当時、布教に来た修道士がいっぱいいて、その中には絵を教えられる人もいた。布教のためには絵って大事だからやっぱり絵描きがいるんだよね。そういう話なんだけど、そのとき解説した人が、『二十四時間の情事』に出ていた岡田英次みたいなものすごいいい顔をしていたんだ。

南蛮の絵みたいなその王侯騎馬図を描いた人と王侯騎馬図を研究している人が、まるでどこかで血がつながっているかのように見えた。ヨーロッパ人の血が入っているかのように見えて、まずそれで目を引いて、それから岡田英次みたいと思って、70代くらいなんだけど着ているものもきれいなわけ。

それで一緒に見ていた妻に、「こんなカッコいい人、役者とかモデルにだってなれたんじゃないか」って言ってから、ふと気がついた。

たとえば歌手とか俳優とかモデルとか、人からうらやましがられるような仕事っていろいろあって、人ってなんとなくそういうものをやることが幸せなんだと思いがちだけど、実際には自分がいいと思うこと、好きだと思えることを追いかけるほうがずっと喜びが大きい。本当の喜びは、人から追いかけられるより自分が追いかけるほうにこそある。そういうほうが、人生としてずっと幸せなんだよ。

そう思った翌日に、さっきの東洋文庫の話を聞いて、やっぱりそうだと思った。

この現代と戦うこと、対峙《たいじ》することって、ひとつにはそういうふうに考えることなんだよ。

自分の中の「確信」を信じる

いつの間にかカネに踊らされていないか?

文学とか芸術をやる人たちは自分が本当にいいと思えることを続けるという部分を守ることだよ。そこの領土を守って、できれば広げていく。そこさえあれば、問題ない。

こないだ親戚のカネまみれの人がぼくの実家に来て庭の松の木を見て、その親戚と一緒に来た友だちが、おふくろに「いい松だね」って言ったんだって。

お袋も50年その家に住んでいて松が褒められたのは初めてだと思って、一瞬嬉しかったんだけど、その人は続けて「売れば高い」って（笑）。

そういう「売れば高い」って言う人たちが日本中をダメにしている。そういう人たちが、いいものを根絶やしにしていった。

なんで松まで売る必要があるのか。なんでそんなものまでカネに換算する必要があるのか。

これは松に限らずすべての話でさ。

あるネットワークビジネスで大成功した人で、大金持ちになってポルシェを乗り回してるみたいな人がさ、10年間そのネットワークビジネスの仕事をやってたんだけど、結局最後には「俺に時間を返してくれ」ってことをインタビューで言ってたよ。長い時間をネットワークビジネスだけに費やしてしまった、カネは残ったけど、時間を全部仕事に奪われてしまった、って。

――自分でやりたくてやって、実際にカネも稼いだのであればしょうがないんじゃないかとも思いますが。

だけどそれがカネの怖いところで、よほど強い意志を持っていないと、カネが儲かりはじめたら嬉しくなっちゃうんだよ。やってるうちに下の人たちの面倒も見なきゃならなくなっていたりして、いつの間にか退《ひ》くに退けなくなっている。

そうやって、一生懸命走り回っているうちに、どんどん時間が経ってしまう。気づいたところでやめられればいいんだけど、なかなか気づかない。

サイクルの中で自足してはいけない

――とくに芸術方面で頑張っている人たちは、30代とかある程度の年齢になってくると、どうしても金銭的に苦しくなってくるところがあるように思います。そういう人たちは、好きなことを粘り強く続けていくということを生きていくうえでのひとつの心の軸にしてほしいということが言えるのでしょうか。

なにしろこういう社会ではカネがなきゃ食っていけないんだから、簡単には言えないんだけど、まず親にカネがあったらそれはせびるべきだと思う、見栄を張らずに。ひとりで食うや食わずで頑張っているよりは、カネをせびったほうが親も安心すると思う。ひとりでちまちま技術や時間を切り売りしているより、親にカネせびるほうが本気度が高いと思う。

うちの親はカネなんて持ってないって人も多いだろうけど、親の世代の人ならもうそんなにカネは使わないんだから、ないとは言っても、こっちが食べていくのに最低限必要なくらいはあるもんだよ。出してくれない親もいるだろうけど。

誤解されたくないんだけど、あえて言うと、小学校、中学校ぐらいからバイトをして家計も支えて苦学してきたというような人は、あまり芸術方面には行かないと思うんだよね。やっぱり芸術って余裕の産物みたいなところはあるわけで、その余裕を否定する必要はない。昔から余裕のある人しかやってないんだから。

カネがなくてひとりでちまちまやっていると、そのサイクルの中で自足しちゃうところがある。だけどそこは自足しないで、少しは射幸心とか名誉欲というようなものを持ったほうが、自分以外の人の視点が入るからいい。何々文学賞なんて、本当はどうでもいいんだけど、そういうのを取ると親が喜ぶ。親なんて子どもが何をやっているか理解できないんだから、そんなものでももらって安心させるしかない。芸術に限らず、外から理解されにくいことをやっている人にとって、親って社会との通路だよね。「親を喜ばせる」「親を安心させる」って思うときの、「親」って本当のところ何なんだろう。

「カネにならなくてもいい」「とにかく続ける」っていうだけでやってると——荒っぽい言い方をすると——自己満足になっちゃう。自己満足って必ずしも自信の現れじゃなくて、不安の裏返しでもある。

芸術をやるのは、たいてい不安なものだよ。だから人の評価に触れることも不安なんだよ。自分の中で何かが完璧にあって、それが譲れないから簡単に人の目にさらしたくないとか、安直な評価に出会いたくないとかっていうほど確固としたものが自分の中にある人なんてめったにいない。自分を人の評価にさらされないようにしているのは、たいてい恐れのほうだよ。

生前は原稿を発表しなかったかのように言われているカフカだって、いくつか短いものは発表している。『観察』と『田舎医者』と『断食芸人』っていう短編集が3冊と、『変身』

『判決』『流刑地にて』、それから『アメリカ』(『失踪者』)の第一章にあたる『火夫』。

人の目にさらすっていうのは必ずしもカネのためじゃなくて、自分のやっていることが少しは通じるのか、全然おかしいことをやっているわけではないのかなっていうぐらいのことは確かめておきたい。

ぼくのことで言えば、いちばん最初にコミさん(田中小実昌氏)が支持してくれて、小島信夫さんも「あなたのやってることはいい」って言ってくれたから、まるっきりトンチンカンなことをやっているわけではないんだなって思えた。あと、ぼくがよく名前を出す、友だちの樫村晴香《かしむらはるか》が評価してくれたから、あとはもう外からの評価はどうでもよくなったんだけど。

でも、不安な気持ち、おぼつかない気持ちの状態というのは、その渦中にいないとリアリティがないもので、いまはこんな偉そうなことをいろいろ言ってるけど、デビューして最初の5年間くらいの、「この小説は書き終わった。でも次は書けるのか?」っていう気持ちがたまにすごくリアルにもどってくることがあって、「ああ、こうだったんだなぁ」と思う。本人にしかわからない。でもそこから逃げたらろくなものが出てこない。

「自分の中で何かが生まれる」という感覚

完璧に人の評価が眼中になかったっていう人では、『アフリカの印象』とか『ロクス・ソルス』を書いたレーモン・ルーセルがいる。評価されないことに対する苛立ちとか絶望とかはそのつどあったにせよ、それで書くものの方針を変えることは一切なかった。そこはびくともしないんだよね。

レーモン・ルーセルは大金持ちの息子なんだよ。だから自腹で出版して自腹で芝居をつくった。自腹で劇場を借りて役者を雇って上演して、無視されたり、芝居の最中に賛否両論の大騒ぎで、客席で乱闘騒ぎが起きるようなことまであったらしい。

レーモン・ルーセルは、19歳のときに『代役』という詩を書いて、そのときにものすごい栄光体験をしているんだよ。人に評価されたとかいうんじゃなくて、自分の中で輝かしい栄光体験が生まれた。その瞬間、自分の中では文学史上に燦然《さんぜん》と輝く人になったような体験が起きちゃった。

彼はそれをもう一度味わおうとして一生を使ったんだ。最後はやっぱりカネを使い果たして自殺しているけど、それでも56歳まで生きている。

ぼく自身、デビュー作の『プレーンソング』を書きだして、どこかの場面ですごく軌道に乗ったときには、これは評価されなくても関係ないと思った。「自分の中で何かが生まれた」と感じたんだ。あとは『残響』を書いていたときの一瞬とか、『カンバセイション・ピース』の最後の章を書いているときとかに、「こんなところまで来れるのか」っていうことがあって。やっぱり、そういう感じを目指して書いてるんだよね。

「その感覚」があるならやるしかない

複雑で込み入ってあやふやな作業を続けている最中とか、本当に苦労をしているとき、そういう作業を続けていけるだけの確信が自分の中に生まれてくる。

それも書き終わってしまったら、そのときの「感じ」は自分にはなくて、何かあやふやになってしまう。でも、やっぱりその「感じ」の真ん中にいる感覚はもうなくて、その感覚の記憶しかなくなってしまう。その感覚が持てれば、作品ができた後は、誰かが少しでも理解したということを言ってくれればひと安心で、あとは人がどう思うか、「これは人にわかんのかな」ってことはもうどうでもいい。

だからいろいろ言ってるけど、なんだかんだで最後に頼れるのは、つくっている最中の「自分の中に何かが生まれてくる感じ」しかない。30歳過ぎてだんだん苦しくなってきたっていう人たちも、それがあるならやるしかない。

その確信というか何かを摑んだ記憶があるんだったら――「何かが来た」とか「入ってきた」とか、「行った」とか「動いた」とか、人によって言い方はいろいろあるだろうけど――とにかくそれを持っているんだったら続ければいいんだし、30代とかに入ってそういうものがないのであれば、ちょっと方向転換したほうがいいのかもしれないとは思う。

ブレずにいいものを追求する

チャンスは一度だけではない

——作品をつくっていくにあたっては、人の目にさらすことも大事、人に左右されないで自分の中の確信に従うのも大事ということでしょうか？

少なくとも、人に認められるためだけだったら、人に認められるようなことをすればいいんだよ。

「自分以外の視点を入れる」ということでいえば、たとえば自分が尊敬する人がいるなら、作品をその人に送るとか働きかけるとか、そういうことをすればいい。その尊敬する人がひとりか複数かはわからないけど、その人にさえ「いい」とか「このまま続けろ」とかって言ってもらえれば、その人はきっと一生続けていける。

小島信夫さんと喋っていたときのことだけど、『プレーンソング』が最初に評価してくれたごく一部の人の目に触れていなかったら、自分はデビューできていなかったかもしれない」ってぼくが言ったら、小島さんは、「いや、デビューする人は、あるとき誰かの目に触れなくても、必ず次の人の目に触れるんだ」って、けっこう楽観的なことを言ったんだよ。

ワンチャンスだけっていうことはないと。それはたしかにそうだと思うんだよね。仮にワンチャンスを逃したとしても、一度何かを掴んだ人なら、次のものもきっと出てくる。生涯一作っていうことはない。

「決定的なもの」をつくる

……ただ、はたから見れば生涯一作あれば十分ってところもあるんだけど。ジム・ジャームッシュだって、やっぱり『ストレンジャー・ザン・パラダイス』は超えられない。あの衝撃は大きいもんね。

その後のジャームッシュは、並みの優れた映画作家になってるじゃない。『ストレンジャー・ザン・パラダイス』は時代を画すほどの作品だから、そんなものはいくつもつくれないとは思う。そういうものをいくつもつくれるのは、ゴダール、ボブ・ディラン、ピカソとかそれぐらいでしょう。

ローリング・ストーンズなんて何聴いたってストーンズだよね。ストーンズだけで聴いてると変化はしてるんだけど、やっぱり最初の何年間かのうちにできた曲がストーンズを支えていて、それ以後は、その余勢でやっているようなものだよ。でもキース・リチャーズは「俺はつねに変化している。同じことはしたくない」って言ってる（笑）。それはそれで面白いんだけど、やっぱりストーンズだから面白い、というのはある。それ以下のミュージシャンが言ったら、その人は全然自分が見えてない。

決定的なものが一度できれば、それから後は、完成度でいえばそれ以上のものはできるんだろうけど、「出来事」と言えるような、ジャームッシュにとっての『ストレンジャー・ザン・パラダイス』みたいなものはもうできないのかもしれない。

でも、それを薄めたようなものであっても、その作品から評価される可能性はある。そういう場合、最初は理解されなかった作品も、続けているうちに出てきた作品が評価されると、そこからさかのぼっていって、「ここに原点があるのか」という感じで改めて理解されることになる。

作り手にとって決定的な作品ができるのは、必ずしもキャリアのいちばん最初だということはない。大江健三郎は『万延元年のフットボール』がピークだと思うけど、そこに辿り着くまでの何年間かがある。ローリング・ストーンズでいうと『ベガーズ・バンケット』とか『レット・イット・ブリード』のあたりがピークでしょう。だけど、20年30年もかかってピークに行くっていうのはなかなかないんじゃないかな。

もちろん本人としては全然そんなつもりはないんだけどね。ぼくにしたっていま連載している『未明の闘争』がピークだと思ってるわけだけど、でもそういうのも悪い意味での人の視線であって、どこがピークでも関係ないよね。

そういうのは邪念だよ。ただ、邪念を完全に排するってできないからさ。一日24時間、書きつづけているわけじゃないから、「書いてない時間」に邪念は入り込んでくる。本当に書いている瞬間はそういうのと無縁でいられるわけだから、書いているときは作品だけに向き合わないといけない。というか、作品だけになっている状態がやっぱりいちばん楽しい。

考え抜いて「いい仕事」を続ける

芸術だとか工芸だとかに関わりなく、何かを開発するとか、あるものを改良していくということでも、そのことに真剣に集中して創意工夫を続けていければ食いっぱぐれないと思うんだよね。

景気が悪くなると必ず、あの業界はダメだとかあの業種はうまくいってないってことが言われるけど、そんな中でも創意工夫してちゃんとやれている人っているでしょう。

農業にしたって補助金をあてにしてラクなことをやっている人もいれば、いつも土壌の改良とか、生育期間の管理の仕方とかをずっと気にしている人もいるわけで、そういう人までがダメになるっていうことはない。

だから自分の仕事がうまくいってないからといって、「業界全体が落ち目だから」って言うのは逃げだと思う。ぼくの親戚で土木やってたところもそうだったけど、そうなってくると行政からどれだけ仕事をもらってくるかって話になってくる。大工でもゼネコンの下に入っちゃったら、仕事をもらうだけになっちゃうけど、そうなったらもうダメなんだよ。大工なら、一軒建てられるなら仕事はある。そんなには儲からないかもしれないけど、上前《うわまえ》を撥《は》ねられることはない。

ただ、やっぱり現代社会って、プロデュース能力ゼロではやりにくいってのは認めなきゃいけないけど。どんな仕事でも自分のやりたいことをやるには、宣伝というか、いまどきの言葉でいうところの「発信」は必要になってくるよね。

でも、やった仕事がちゃんとしていれば、それは伝わるんだよ。家を建てるとか何か道具をつくるとか、社会の中で何かの仕事をしたら、その仕事は人の目に触れるわけだから、絶対に噂は伝わる。それはただ行政から仕事をもらって、言われたことをやるだけの仕事とは違う。

関西、大阪近辺の人はびっくりするらしいんだけど、世田谷って植木屋だらけで、近所を歩いていて、植木屋を見ない日はないんだよ。それで植木の仕上がりを見ていても、いかにもこの人には頼みたくないなっていう人と、仕上がりのいい人がいるから、こういう人たちもちゃんとした仕事をしていれば仕事はあるよね。

とくにそういった、人から注文を受ける仕事は、仕上がりがはっきり見える。そこで満足すればリピーターになるし、リピーターは宣伝してくれる。

電気の配線とか水道の配管とかだって、外には見えないかもしれないけど、いい仕事をしていればリピーターはつく。

このあいだ、エアコンの排水用のパイプが古くなって取れちゃって、電気屋に「取り付けをしてほしい」って相談に行ったら、その店の人は「500円でパイプを売ってやるからそれぐらい自分でしたほうが安上がりだよ。うちに頼んだら何千円になるから」って。配管の説明もわかりやすくて、そういうあてになる感じがあれば、また他のときに仕事を頼むよね。なんかヤだな。なんでこういう話になっちゃったんだ。酔っぱらいオヤジが喋る処世訓みたいだなあ。

「売れること」「儲かること」を目的にしない

ま、でも、わからないのは、完全なインチキ工事してカネを取るやつっているでしょう。年寄りのところに行って騙したりする詐欺《さぎ》。そういう人たちも元はちゃんとした電気工とか配管工とかになろうとしていたと思うんだけど、なんでそんなほうに転ぶのかっていうのがわからないんだよ。世の中の人は「そういう人もいるだろう」ってわかったような顔をしているけど、よく考えたらわからない。わかったような顔をしたらダメなんじゃないか。

小説家でも、自分が遠く見上げる小説のイメージがあって、自分が小説を書きたいと思った小説とかがあって、それで小説を書くようになったはずなのに、そういうものに遠く及ばないような小説を書いていても、売れていれば満足できるっていうのはわからない。売れればいいって話じゃないでしょう。

糸井重里さんと喋っていたときに出てきた話だけど、「有名になりたい」「お金がほしい」というだけだったら、もっと手っ取り早い方法はいくらでもある、って。いい話でしょ。小説を書きたいから小説家になるんだよね。「小説を書いて有名になりたい」「小説を書いてカネがほしい」ではない。本当は「小説を書きたい」から始まってるはずなんだ。それがわからなくなっているっていうのは、やっぱりマネーとか現代社会に心が蝕《むしば》まれているんだよ。

第5講　文学は何の役に立つのか?

「それぞれ」として考える

純文学とエンタメの違いって？

ぼくが西武百貨店のカルチャーセンターに入ったのって1981年なんだけど、そのとき10歳年上の先輩社員がいて、その人、出版社から来たのね。

その頃、西武はカルチャーセンターのために、出版社が危なくなって肩叩きに遭った人たちを掻き集めたんだよ。

その先輩はできの悪い社員の集まりだった西武百貨店の中で自分は賢いと思っていたみたいなんだけど、実際には文学のことなんか全然わかっていない人で、その人が、最近は純文学と――当時はエンターテインメントって言わなかったから――大衆小説の境目がわからなくなったって言ってて。

その80年代の初めというのは純文学が軽くなっていった頃なんだけど、その重々しくない感じが、ぼくの先輩だった元編集者には純文学のようには見えなかった。

みんな芸術について、何かの形に収まればそれが表現になるっていう思い込みを持っていて、その形というのは匂いとかテイストとか色とか響きとか雰囲気とかってことだけど、実際にはそういうものをなぞると、むしろ本来の芸術じゃなくて模倣《もほう》になっていってしまう。

だから当時の純文学を書く人たち、具体的には村上春樹と村上龍と高橋源一郎は、そういう純文学の雰囲気、純文学の重々しさと戦っていたんだよ。

そもそも軽くなったっていうことと大衆的ということとは関係がない。

じゃあ、純文学と大衆小説ということをどう分けるかっていうと、それは、こういうものが純文学であって、こういうものが大衆小説であるっていう、その枠の付け方がすでに間違っていて、全部一つひとつ、一作一作なんだよね。

軽いと言っても、あえて軽い薄っぺらな言葉を使っているとか、そういう戦いがある。言葉の使い方とか、文章のつくり方とかがペラペラに見えても、そこには戦いの痕跡《こんせき》がある。それが「いかにも純文学」というものとの戦いであるなら、それはれっきとした小説だし、一方ではただのペラペラの小説でしかない小説もある。

これ以上言うと、また話がこんがらがってくるんだけど、純文学は文章が精密で、大衆小説——もうここからはその人の話から離れるからいまの言葉で「エンターテインメント」って言ったほうがいいんだけど——エンターテインメントは文章が雑だとか、そういう話ではない。

文章の上手い下手っていうのは職人的な次元だから、臆面もなく上手く書ける神経さえ持っていれば、いくらでも上手く書ける。すごく情緒的に書くとか、すごくメランコリックに書くとかは、プロであればやろうと思えばやれないわけじゃない。ただ、それはやっぱり、純文学ではあまりやらない。

そのメランコリックであるとか情緒的であるとかすごく感動的であるとか荘厳な調子を持つといったこと自体がバカバカしく感じられるようにしようと、そういう意識まで持って書くのが純文学なわけで。……まあ、芥川賞が純文学だとして、その芥川賞作家が全員そんなことを考えてるかっていうと、そんなこともないんだけど。

芥川賞は「人気」がなくて当たり前

芥川賞のことで言うと、「芥川賞の本なんて売れないよ」とか「人気ないよ」ってことを言ったりネットで書いたりする人もいるけど、芸術と知名度とは全然関係のない話だからね。現代音楽だって現代美術だって、評価が高いから知られているなんてことはないでしょう。

現代音楽って言ってもぼくの知識はたぶんもうすでに古いんだけど、ヤニス・クセナキスとか、オリヴィエ・メシアンとか、ピエール・ブーレーズとか、ルイジ・ノーノとか言ったって、誰も知らない。で、「現代音楽なんて誰も知らないんだから、ダメだよね」って言ったら、それは何とくらべてるんだって話になるよね。EXILEとくらべてるのかって。

文学とか本っていうのは、なまじ売れちゃってるからそういう誤解が出てくるんだよ。現代音楽みたいに売れていなければ、そんな誤解なんかないわけだよね。三浦君（聞き手）も高橋悠治を知らなかったけど、「高橋悠治、誰それ？　全然知らねえ、だせーっ、ダメだよ、そんなの」って言ったら、その人はおしまいじゃない？　だけど、小説ではそういうことが言われがちになる。「阿部和重？　全然知らない。せいぜい知ってるのは町田康と綿矢りさかな」みたいな発想。

それでまたさっきの10歳年上の先輩が出てくるんだけど、その人が「いまはどういう小説がいい小説かわかんない」って言ってたんだよね。で、それに続いて、「思いがけない小説が売れるからね」って。そこでもう、いい小説と売れる小説を混同しちゃってる。でもそれは関係ないものの話だから。

もっと大本の話をすれば、芥川賞の発表があるときだけ芥川賞を話題にする人たちがいて、そういう人たちは芥川賞を取った作品がその時期のナンバーワンの小説だと思っていたりするんだけど、あれ、ただの新人賞だからね。

だから知られてなくて当然なんだよ。菊池寛が芥川賞を創設した動機は、新人を励ますため。第1回の受賞者も、まったく知られていなかった石川達三。もともとそういうものなんだよ。

芥川賞ってそんなに最初から有名だったわけじゃなくて、芥川賞が有名になったのは、石原慎太郎の『太陽の季節』が話題性も手伝ってベストセラーになってからっていう話がある。だから、石原慎太郎は芥川賞の「中興の祖」であると。

吉行淳之介とか庄野潤三とか安岡章太郎とか「第三の新人」って言われた人たちが『太陽の季節』のちょっと前に芥川賞を取って、小島信夫もその頃に取って、その後に『太陽の季節』が芥川賞を取ったんだけど、小島信夫がエッセイの中で「小説があのようなもてはやされ方をするのは困ったもんだ」って書いていたよ（笑）。

なぜ同人誌は廃れたのか？

小島さんは、昔は有名な作家でも単行本はあまり売れなくて、その代わり原稿料が高かったって言ってた。文芸誌に掲載されたときの原稿料って、ぼくがデビューしてから20年間、ほとんど変わってなくて400字1枚5000円前後で据え置きなんだよ。

でも、この20年間というのが曲者《くせもの》で、ものの値段が下落してるから何とも言えないんだけど。ただ、いつごろかまではわからないんだけど、昔は文芸誌に短編をひとつ書けば1カ月悠々食えたっていう。短編ってのは30枚。30枚書けば1カ月食えた。悠々ってのは個人差があるけど、30万とすると、1枚1万円くらいの感覚って計算になるよね。

でも、そこに載るためのハードルは高かった。文芸誌の下に全国の同人誌があって、その同人誌にも仲間内でやってるものから、地域をまとめているような同人誌まで何段階か階層があって、そうした権威のある同人誌で認められて、ようやく大手出版社の文芸誌に作品を載せることができた。たとえば東京には「文藝首都」っていう同人誌があって、中上健次とか北杜夫とかがそこで書いていたんだけど、そういうところに載るということは、小説家として一応は認められたということだった。

だけどいつしか、そうした同人誌を仕切っている重鎮たちの小説観とか文学観とかが、「文學界」や「新潮」といった大手の文芸誌と違ってきちゃったから、同人誌と文芸誌のつながりが切れていっちゃった。

その「違ってきた」っていう言い方がまた難しくて、そこで社会のニーズとずれたって言ってしまうと、それは売れる売れないって尺度になっちゃうんだけど。

たとえはちょっと古いけど、絵といえば印象派のような絵だと考えられていたところに、ホックニーとかウォーホルみたいな絵が出てきたっていうふうに捉えるのがいいかもしれない。同人誌のほうでは、ウォーホルだとかホックニーみたいなのは、「これはちゃんとした絵じゃないでしょう」って受け入れなかった。

……でもそのことについて、ぼくが「でも、ウォーホルとかホックニーは受け入れられたわけでしょう」って説明したら、またそれは売れた話になっちゃう（笑）。なんて言えばいいんだろう。人に話すのは大変だよね。

作家を「記号」にしてしまう罠

まあそこは割りきっちゃうと、ともかく村上龍、村上春樹、高橋源一郎が純文学のイメージに風穴を開けたのは間違いない。

でもそうやって教科書的な言い方をしちゃうとかえって話がわからなくなってくる。だって、一方でその「文藝首都」出身の中上健次は、ずっといい小説を書いていたわけだよね。もっと上の世代の古井由吉もずっといい小説を書いている。いまでもしっかり現役で書いている。小島信夫はそれよりずっと前からもっとアナーキーな小説を書いていた。

だからやっぱり一人ひとり、一作一作なんだよ。そこで「村上龍、村上春樹、高橋源一郎が時代を画した」って言って線を引いちゃうと、作家が記号になってしまう。

でも、いま挙げた中上健次、古井由吉、小島信夫っていうのは記号じゃなくて作家なんだよ。「昔の純文学はとてもいまの若い人が読むようなものではなかった。その純文学のイメージを村上春樹たちが変えた」って言っても、小島信夫のほうがずっとアナーキーなわけ。それは状況の話と個人の話なんだけど、こうやって喋っているぼく自身が、記号としての村上春樹と作家としての村上春樹を混同しちゃっている。みんなそういう混乱を起こしてるんだよ。「作家・村上春樹は80年代の入口に風穴を開けた。その風穴を開けた村上春樹は……」って言いだすと、もうそれは記号になっている。

だからやっぱり、純文学がどうのとか芥川賞がどうのっていうのも、全部ひと括《くく》りにしてしまうからわからなくなるわけで、芥川賞だから面白いってことはない。芥川賞も基本はハズレだけど、その中にも面白いものはある。文芸誌だって、文芸誌に載っているものってほとんど面白くないけど、その中でも面白いものはあるっていう、ただそれだけのことなんだよ。

頭の中の使っていない「ソフト」を動かす

自分を試すことの「痺れるような快感」

高橋源一郎さんと対談したときに聞いたんだけど、「昔、ビートルズが新曲を出すたびにすごく緊張した」って言うんだよね。自分はビートルズの新曲についていけるのかって。やっぱりそれは、文化や芸術が価値を持っていた時代の人の感覚だよね。わからなければ、自分がついていけてないいんだって考える。そこには「自分にわからないものは、ダメだ」って発想はない。ぼくの親戚には「俺にわかんねえから、ダメだ」って発想をするおっさんが何人かいたから、そのイメージがすごく強いんだけど、彼らは「俺にわかる言い方をしろ」って言うんだよね。「ちゃんと理解しているなら、やさしい言葉で言えるはずだ」って。そういう考え方が頭を悪くさせる。ものを考えなくさせる。

「わかっているんだったら、誰にでもわかるやさしい言葉で言えるはずだ」って。これ、いかにも正論みたいに見えるから、若いうちはみんなここで黙っちゃうんだけど、言えるわけないんだよ、そんなもの。ハイデガーとかニーチェの思想を簡単になんか言えないよ。彼ら自身、自分で説明しようとしてあれだけの長さの本を書いてるんだから。

話がグチャグチャしてくると付き合うのをやめて、「だから結論だけ言えよ」「どっちなんだよ」って言ってくるわけだけど、どっちじゃないんだよ。

棋士の羽生善治が、勝った負けただけに興味があるんだったら、将棋なんか指さないでジャンケンすればいいって言ってたよ(笑)。

将棋指しは勝ちたくて指しているわけじゃないんだよね。それに気づいていない強い棋士はいなくて、言葉にしなくても薄々はわかっていると思うんだけど、でも、それをきちんと言葉にしたっていうのは、やっぱり羽生のすごいところだと思う。

もちろん、負けると人一倍悔しがるような人じゃないと勝負事はできないから、勝つための執念はすごくあるはずだけど、でも、勝ちたいから強くなりたい、じゃないんだよ。その奥義を極めたいから強くなりたい。強くならなければ、奥深いことはわからない。

「痺《しび》れるような快感」って表現する人もいるんだけど、棋士は、ある局面でこの手を指すか指さないか、これを選ぶかあれを選ぶかと逡巡したり考えたりするところに快感がある。はたで見ている人は「こっちにすればよかったじゃん」とか簡単に思うかもしれないけど、やっている本人は怖くてそっちに踏み出せない。たかがゲームと見えるかもしれないけど、本当に怖くて試せない。やっぱりそれは自分の思考が試されるんだよね。

純文学とエンターテインメントの違いは何かって話をしたけど、その違いもこういうところにあると思う。次にどう書くか、この話をどう展開させるか、次のページをどう書くかっていうところの選択で、読者を喜ばせるか、それとも自分の探求心に挑むかっていう違い。それはひとつの小説の中でも、この岐路では安易なほうについた、でもここはすごいなっていうことになって表れる。小説は「社会の出来事を映す鏡だ」とかって思っている人は多いんだけど、文学ってそういうものではないんだよ。

「問題提起」をしないから面白い

最近、医療小説とか医療ドラマっていうのがよくあるけど、だいたいは、すでに社会の中とか医療現場にある問題を何人かの人物たちに仮託《かたく》してシミュレーションしているだけだよね。

ぼくはああいう最近の医療ものの流れをつくったのは「ER緊急救命室」じゃないかと思ってる。このところWOWOWで無料放送をしてたから、昔ときどきしか見てなかったのを改めて見てたんだけど、あれはとにかく面白い。

他のドラマとかだとひとりの英雄がつくられたりするんだけど、「ER」は群像劇なんだよね。医療現場の問題自体に関心があるわけじゃなくて、他の何かをするために、ERを舞台にするのが理想的だった。その何かっていうのは人間の真実とかそんなちっちゃい話じゃない。ドラマの究極の面白さはここにあるって確信なんだと思うんだよ。

毎回45分くらいの話の中で3つか4つの話が並行して進んでいて、病棟の中では病院のリストラとか薬漬けで崩壊した家族の話とか延命措置の問題とか絶えずいろんなことが起きているんだけど、そういう問題提起をしたいわけではない。問題提起なんてものは、新聞とかニュースとか論文なんかでやればいい。

だから一つひとつの問題が問題として大きくなってはいかない。一人ひとりの人間っていうのは、遠い視点から見ると、虫けらのようにあっという間に生まれて、あっという間に死んでいく。「ER」に出てくる話は、それぞれの話が進行している真っ最中は、個々人にとってものすごく大きな問題なんだけど、パッと視点が変わると、それはいろんな問題が起きている中のひとつにすぎないということが感じられる。その大きな視点と小さな視点が同時に描かれているんだよ。

それが「何か」ではないかと思うからやる

――保坂さんは、エンタメ全般について否定的に見ているというわけではないんですか？

それはない、かな？　エンタメにしろ純文学にしろ面白いものとつまらないものがあるってことに、一応しておこう。

それと、一本の筋の話じゃなくて、病棟全体が描かれているとか、場所全体が描かれている、空間全体が描かれているっていうのがすごく好きなんだ。いま自分が書いている『未明の闘争』の中でやっていることも、何割かはそれだよ。筋じゃなくて場所を書く。ただ「ER」には筋もあって、そのへんがエンタメとして優れているところなわけだけど。ぼくはそういう空間全体を描くことが「何か」だと思ってるんだよ。

話を前へ前へ、あれがあったからこうなって、何だからどうしたとかっていうふうに線で進ませるんじゃない思考法が、空間を描くことで出てくるんじゃないかと思ってる。それは予測なんだけど、昔からそうで、そういう空間が描かれているものに惹かれる。

ただ、空間を描くのは、書くのも大変だけれど、読むのも大変だし、たいていの場合、退屈でもある。ふだん普通に何かを読むのとは違う頭の使い方をしないといけない。どこそこの奥から誰々がやってきて、それからずっとカメラを右のほうにパンしていくと、こっちのほうではクレーンが動いていて……みたいに書いてあることを全部読みながら完全にイメージするっていうのは、たぶん不可能なくらい。

だからいくら書いても、読む人はその半分とか、下手すれば3割とか、うまくいって7、8割くらいしかイメージできないのかもしれないんだけど、それでもそうやって書くことが「何か」ではないかと思ってる。それが「何か」ではないかと思うからしかやらないんだよ。

自分がそういうのを読んでも、その情景を自分の頭では半分もつくりださないことはあるけど、でも、それを読んでいることは好きなんだ。

そうは言っても読み切れなかったのは、ヘルマン・ブロッホっていうドイツ語圏の作家が書いた『ウェルギリウスの死』(『世界の文学13』〈集英社〉所収。絶版)っていう小説があって、導入から延々と情景描写が続く。これはやっぱり読み切れない。読み切れなくても、よく書いたなと思わされるし、やっぱりはまったところは気持ちよくなったりもした。「アドレナリンが出る」っていう言い方があるけど、情景描写・風景描写にはまると、他では出ない別の脳内物質が出る感じがある。

あと有名なのはシュティフター。この人はすごい変な人でね。石に詳しかったらしくて翻訳でも『石さまざま』(松籟社)って短編集が出ていたり、他にも岩波文庫と松籟社から何冊か出ているんだけど、そのシュティフターの習作集っていうのが2冊出てるのね(『シュティフター作品集』第1巻・第2巻〈松籟社〉。第2巻は絶版)。これが二段組の本で、普通の文芸誌とかで考えると何十ページにもなるぐらいの長さでずっと風景描写が続いたりする。だから読み通すのはなかなかできないんだけど、部分を読んでいる限りは非常に面白い。脳内物質が出る(笑)。

あと、そんなに突き放して風景ばっかりじゃなくて、ストーリーと並行して風景もいっぱい書いてあるのが、チェーホフの『曠野《こうや》』と、それから『谷間』。『曠野』も『谷間』も岩波文庫に入っていて、『谷間』のほうはほどほどの風景。『曠野』はチェーホフが初めて書いたわりと長い小説なんだけど、この『曠野』のほうが風景がいっぱい出てくる。そのぶん『曠野』は、やっぱり読みにくいところも多いんだけどさ。

空間的な思考の「面白さ」

あんまり気づかないけど、文字を読むってやっぱり大変なことなんだよ。大変だからみんな簡単なものしか読まないわけで。

人には文字を読むモードというか、自分の中のソフトみたいなものが何種類もあると思うんだけど、ふだん使ってるのはだいたい3つか4つくらいだよね。

新聞とか週刊誌を読むソフトと、ロールプレイング的なストーリーを読むソフトと、あとは本当に情緒的な手紙を読むようなソフトとか。

風景とか情景がいっぱい書いてあるようなものを読むのは、そういうのとは全然違う、ふだん使っていないソフトを使わなきゃいけないから読むのが疲れるんだけど、それはやっぱり楽しい。読みにくいことと、面白い面白くないっていうのは別だから。ジョギングだって、エンタメ小説的基準で考えたら、全然面白くないことになるけど、やみつきになる人が多いでしょ。遠回しな比較でわかりにくいかもしれないけど、面白さというものにもいっぱい種類があって、面白さが、それを知らない人にわかりやすいものとわかりにくいものがあるんだよ。

ただ、昔の小説は風景が多くて、いまの小説は風景が少なくなってきてるね。流れでいうと、風景描写ってやっぱり廃れていくものだと思うんだ。

これは昔がいいって話じゃないよ。

ぼくは空間的な思考を入れていかないと小説として面白くないと思うから入れているだけで、他の人が入れようと思わなくてもそれはしょうがない。

「正解はない」ことを知る

ひとりだけ誰とも違っていた作家

いまの小説は風景描写が少なくなってきているって話をしたけど、小島信夫もまああんまりない。べつにいまとか昔とかじゃなくて、もともとあんまりない。

かといって出来事が起こりつづけるわけでもない。いや、事件が起きないというだけで、出来事は起こりつづける、と言ったほうがいいのかな。事件と出来事は同じじゃない。映画の演出で考えるとわかると思うけど、コップを手に取って水を飲むのも、ドアを開けたり閉めたり頻繁に出入りするのも出来事で、そういうことは指示（演出）がなければ役者はただ座ってるだけだよね。小説ではそれを小説家が全部書かなくちゃならない。たいていの小説はそこがろくに書かれてないんだけど、小島信夫の小説には人が絶えず動き回っている感じがある。それが細かく書いてあるわけじゃないんだけど、ずうっと騒々しいというか、せわしなく落ち着かない。会話はかなり多いけど、意味のある言葉がやりとりされるわけではない。動きも会話も全部、空回りしている感じが横溢《おういつ》している。他の小説が線で進むとしたら、小島信夫の小説だけは面で展開してゆく。そう言われてもどういう小説か想像しにくいだろうけど、面白そうな感じはするでしょ？

とにかく残念なのは、小島信夫って誰に言っても読んでないんだよ。鎌倉の本屋さんとか意外な人が読んでたりはするんだけど、世代が上の人たちとかいま本好きということでメディアに出てきている人たちもほとんど読んでない。

ただひとつ言えるのは、小島信夫を読んでない人の言うことってあんまり迫力ないんだよね。このあいだ、ぼくより何歳か年上だから60近いんだけど、それくらいの歳になってから小島信夫に目覚めたって人が、ぼくのところにメールで小島信夫のことを熱く書いてきたよ。目覚めてみると、他のものがちゃんちゃらおかしくなるんだよ。

――ひとりだけ、他の作家とまったく別物ということですか？

なんであんなに違うのかな。みんなやっぱりさ、真面目じゃない？

小説って真面目につなげていかないと成り立たないって思ってる。小説ってそうなんだよ。

でも、小島さんだけは自分がいまやっていることなんて、すごいばかばかしいことなんじゃないかって気持ちを隠さないいんだよ。ばかばかしいと思いつつ書いている。

――小説を書くことをばかばかしく思っているということですか？

小説を書きながら喜んだり、悲しんだりしている自分自身を。でも、普通はそういう自分を信じないと続きを書けないってところがあるんだよ。読む人は一晩で読むかもしれないけど、書く人は一晩では書いてないからね。「こうするといいかな？　こんなのはつまんないんじゃないかな？」とか悩みながら書いている。

でも、小島さんはそうじゃない。こんなことは自分ひとりの悩みであって、人から見るとどうでもいいことだろうって感じがつねにある。でも、それを言っちゃったら、小説が成り立たなくなりそうだよね。でも本当は、だからこそ小説になる。

小島信夫はどのようにシビアだったか？

小島さんは、これまでにぼくが会った人のなかでもいちばんシビアな人だった。そのシビアっていうのがどういうシビアさなのかが、これがまたうまく伝えられないんだけど。つまり笑っていても目は笑ってないとか、そんな単純なことじゃないんだよ。あのシビアさっていうのは何とも言えない。

世界の文学史上の極北というのを考えると、たとえばそれはベケットでありカフカであるわけだけど、日本人だったら間違いなく小島さんだよ。まず、褒められようがけなされようが、それになびかないんだよね。批判されても、「そういう見方もあるよ」って(笑)。

——気にしないんですか?

カッとしない。普通、自分にいいかげんなことをされたりしたら怒るじゃない? そういうことに対しても怒らない。だから、いわゆる怖さはまったくない。ビビッて「ごめんなさい、ごめんなさい」とかって言わせるような怖さはひとつもないんだよ。そこでつい油断しちゃうわけ。そうすると、全然別なところで、何かゾッとするように怖かったりする。

小島さんってじつは埴谷雄高とか大岡昇平とかの世代の人とほとんど歳が変わらないんだよね。10歳も変わらない。でも、デビューした時期はまったく違って「第三の新人」のほうに入れられている。

やっぱり埴谷雄高とか大岡昇平とか戦後派って言われていた人たちは、すごく文学を生きてるんだよ。で、埴谷雄高が死ぬ前にETVで特集されたことがあって、ぼくはそれを見てたんだけど、後で小島さんに「埴谷さん、どんなこと言ってましたか」って聞かれたんで、埴谷雄高はやっぱり全身、小説家になってるわけで、そういう話をしたら、小島さんは「そこが滑稽なんだよね」って。

でもそれが批判って感じでもないんだよね。みんなそういうことを言うときは批判として言うでしょう。でも、そうじゃない。そういう感じとは全然違って、たんに滑稽だと。身も蓋もない。批判だったら、その人の権威を認めたうえで攻撃するというところがあると思うんだけど、そういう攻撃する感じは全然ない。笑う、つまり嘲笑するわけでもない。その「たんに言ってる」って感じが本当に伝わらないんだけど……。そういう、全身小説家、生活全部が小説家っていう人生を生きていられるような暢気《のんき》な時代じゃないっていうことなんだよね。

２００９年の夏に芥川賞を取った磯﨑憲一郎は友だちだけど、彼の会社（商社）の人たちが芥川賞・直木賞の授賞式に来て、「直木賞の選考委員たちは作家らしく見えたけど、芥川賞の選考委員たちは普通の人にしか見えなかった」って言ったんだけど、そういうこと。この時代に文士然とした作家であることはすでに滑稽なんだよ。苦悩して髪の毛を掻きむしる演出とか、夕陽に向かってバカヤロー！って怒鳴る演出とか、そういうのと一緒なんだよ。

「わからないから面白い」とはどういうことか？

小島信夫って読んでる人が少ないから、小島さんが好きだって聞くとさ、同志的に盛り上がれるんだよね。マイナー球団のファンみたいに（笑）。

——同時代でもあまり読まれていなかったんですか？

読まれてないよね。小島信夫の小説がどういうものなのかってことをわかっていた人なんてほとんどいなかったと思う。

でも、あちこちにはいたわけだよ、黙々と面白がって読んでいた人たちが。

ただ「評論」ってことを考えると、言いようのない話になってくる。評論ってやっぱり書くために読むわけだから、ただそれを受け入れるだけじゃなくて、それがどういう面白さかっていうのを表明できないといけないじゃない？

そうするといちばん簡単なのは、「社会にある、こういう問題を定義している」って話だよね。それがいちばん書きやすい。だから小島信夫はいちばん書きにくいんだよ。自分が何をこんなに面白がってるのか、わからない。「わからない」ってことを表明するのが評論の伝統だったらいいんだけど、そういう伝統ってないからさ。

第1回の谷崎賞の受賞者って小島信夫なんだけど、そのとき選考委員に三島由紀夫がいたんだよ。三島由紀夫は小島信夫より年下なんだけど、三島由紀夫は40歳ぐらいで選考委員になってるからね。三島由紀夫はその小島信夫について「気味が悪い」というようなことを言っている。俯瞰《ふかん》して語れない、読み出すとその小説の中にいるしかないっていうものは、論理的な人にとっては不気味なんだよ。でも、小説の面白さってそこにあるんだよ。

自由な思考を摑む

このあいだ「クローズアップ現代」で地震研究のことをやってたんだけど、いままでの地震研究って日本周辺ではマグニチュード8までしか想定していなくて、マグニチュード9が起こり得るとは思っていなかったんだってね。

マグニチュードって1上がると地震のエネルギーは32倍になるんだよ。だから地震学者は、30分の1の規模までしか想定していなかったことになる。つまり、地震学者は地震に対して何もわかっていなかった。これは自分たちにとってショックだったと地震学者が言っていたわけ。

それを聞いてうちの妻がさ、「文学なんて役に立たないってよく言われるけど、地震研究こそ何の役にも立ってない」って（笑）。うちの妻は、ヴァージニア・ウルフが主な専門の英文学研究者なんだよ。

少なくとも、文学に日々接していれば、ひとつの軸だけではものを語れないっていうことはわかる。世界を見る目がひとつだけでは世界は見えないっていうことはわかる。正解なんてないんだっていうことを身にしみて感じる。単一の世界像みたいなものは幻想だってことを知るのが文学に接するということだよ。

だから個人個人にとっていちばん過酷なのが文学なんだ。容赦がない。妥協もない。「俺にわかるように言え」って言う人たちは、とにかくひとつの答えだけ言えって言っている。だけど文学は、「答えはない」ってことを言っている。

いま大学から文学部がどんどんなくなって、人間科学部とか、国際教養学部とか、文化構想学部とかになっているけど、ラカン派社会学者の――ラカンの理論で社会を語るという

——樫村愛子って人は、心理学とか社会学とかをやっている学生のほとんどの関心っていうのは、本来、文学に向かうべき関心であって、それが心理学とか社会学という表面のわかりやすい部分でごまかされているって言ってたよ。

中学とか高校とかで小説を読みはじめる頃、最初は学校教育の延長で、ひとつの見方とか正解があるって思いながら文庫の解説とかも読んだりして、「小説ってこういうふうに読むのか」「へえ、こういうことを言っていたのか」とか思ったりして読んでいく。

そこから自由になるために5年とか10年とか、かかるわけだよね。

それで徐々にいろんな文章に触れたり、自分でも考えたりするようになって、文学っていうのはひとつの答えとか、ひとつの社会像を読み取るものじゃないし、作品にしても、いろんな読み方があるんだっていうことに気づいていく。もちろん作品の優劣とかはあるだろうけど、何が1位だとかって問題じゃないと気づいていくことができる。

そういう、とても曲者であるところの文学から人を遠ざけるっていうのは、やっぱり人を考えなくさせていくことなんだと思う。

第6講　「神の手ゴール」はハンドでは？

「損得」を超えてものを見る

百人一首のプレイスタイルに驚いた外国人

ＮＨＫで日本の伝統文化を英語で外国人に紹介するっていう番組があって、このあいだ、百人一首の大会を取り上げてたんだよ。

競技かるたには一応審判がいるんだけど、あれはパパーンって１００分の１秒とかそれくらいの差で、どっちが取ったかは見ている人よりやってる人のほうがはっきりわかる。だから基本は競技者が自分で判断するんだけど、番組でそのことを聞いた外国人が、「そんなことで喧嘩にならないのか」って訊いていた。

それを見ててさ、本来スポーツマンシップってそういうもののはずだよなって思ったんだ。野球でもジャッジがもめたとき、アウト・セーフを選手がそれぞれ主張し合うでしょう。でも、タッチされたか、かいくぐったかは、本当は自分たちがいちばんよくわかるわけだよね。

――誤審のとき、セーフになった選手が「本当はアウトでした」と主張するなんてあり得ないという雰囲気があります。

黙ってるよね。ワンバウンドでキャッチしたものを審判がノーバウンドだとジャッジしたら、相手チームが抗議して、ワンバウンドで捕ったほうはしれっととしてすっとぼけてるじゃない。

サッカーも同じで、マラドーナの「神の手ゴール」まで行っちゃえばすごいのかもしれないけど、あれも「ハンドでした」って言ったっていい。だけどサッカーも、サッカーこそ、絶対、不利になることは言わない。

野球のジャッジで得したほうがだんまりを決めてるのをテレビで初めて見たときは、子ども心に違和感があったよね。えっ、スポーツマンがこんなことするの、って。サッカーでも1人レッドカードで退場になって相手チームが10人になったから有利だって考えるのは、それはおかしい。それで勝って誇らしいのかと。

あと、アイスホッケーでも「パワープレイ」ってあるよね。反則をするとその選手は何分間か退場してなくちゃいけないんだけど、そのときに相手チームが人数が多くなることをパワープレイっていって、どんどん攻撃するべきだっていう。

それはルールには則してるのかもしれないけど、スポーツマンシップとは言えないよね。

全部、自分たちの得になることの主張のし合いじゃない?

シドニー・オリンピックで、柔道でフランスのドゥイエと対戦した篠原が内股すかしを決めたのに、ドゥイエの仕掛けた内股のほうが「有効」になったときも、柔道をわかっている人は、ドゥイエは技が崩された自覚があるはずだって言っていたけど、レフェリーが自分のポイントにしてくれれば、当人は口をつぐんでしまう。

でも本来、柔道って相手に勝った負けたの話じゃないよね。自分がどうかという競技であって、審判がおかしいのであれば自己申告すべきものだよ。剣道にしてもそう。

柔道や剣道もそうだし、日本には百人一首だってある。そういう伝統があるんだから、野球でもサッカーでも、自分が得したときに、「いや、ワンバウンドでした」とかって自分が損になることを言う習慣を世界に向けて発信すればいいと思うんだよ。

「自分の損得」ばかりを考える価値観

グローバリゼーションの進むモラルのない世界に対抗するには、そういう特異性を出すしかないと思うんだよね。

1株何十万円というのを間違えて1円何十万株で売りにしちゃったときに買いが殺到したってのと同じだよ。そんなのおかしいに決まってるのに、規則が変わったという話は聞かない。でも間違ってたら、自分に不利益でもそこは主張しないと。自分のほうが負けていた、自分はキャッチできていなかったって認めれば、その行為はその一試合の話じゃなくて、大袈裟に言えば人類全体に貢献する。ということは、1円で何十万株みたいなミスで今後も甚大な損害が出る可能性があるとしても、この社会は全体として、そういうルールで利益を得ているっていうことなんだよね。

政治でも国会議員の定数を減らすとか役人の給料を減らすとかってなると、反対するのは、全部直接不利益をこうむる人ばかり。そもそも選挙自体が、誰が自分たちの意見を代弁してくれるかっていう、自分たちの損得の話になってしまってるけど、本来は30年後、50年後のことを考えるべきものでしょう。

いまは高齢者のほうが投票率が高いから、高齢者にプラスになるような政策を出していれば選挙でも通るっていうけど、実際には高齢者自身、孫がいたりするはずだよ。その高齢者は孫のことを考えて投票しないのかよって。でも、新聞でもテレビでも、みんな自分たちの損得のことばかり発言して、それを誰もおかしいと思わない。ということは、全体として、この、自分の利益最優先の社会にしておくほうがいいと思っている勢力がいるっていうことだよ。

原発の誘致だって自分たちの損得を中心に考える考え方だよね。原発はまず国が置きたいと言ってそれに対して県がいいよと言って、大熊町とか柏崎市とかに置くことになる。その自治体には補助金が出て、やがて自治体は補助金まみれになって、それがなくては立ち行かなくなる。あるいは逆に、すでに立ち行ってないから原発を置いたという側面もある。つまり、その自治体は自分たちのために受け入れた。

福島県知事は被害者のような話し方をするけど、今回の事故において半分は加害者でもあるはずだよね。

放射線量が高いのでよく話題に出る飯舘村《いいたて》は町村合併をしないで、独立を守って自分たちでやってきた村だったんだよ。村の広報みたいなのをネットで見ると、村を二分するような論争があったみたいだけど、とにかく合併せずに自然重視の村で行くことにした。福島在住の蝶に詳しい友だちは、しょっちゅう飯舘村に採集に行っていたそうで、福島の中でも特別、自然が全体として守られていた。もちろん原発の補助金も受け取っていない。それが今回、巻き添えを食って大変な被害を受けている。

そうした町や村は、原発のある自治体に損害賠償請求をしちゃえばいいと思うんだよ。そうでもしないと、原発を受け入れてきた自治体は加害者でもあるという了解も自覚も生まれない。原発の地元の人たちは自分たちが何をやっているのか、まだわかっていないみたいで、いまだって、あちこちの原発のある自治体の人たちは、「再稼働してくれないと原発で働く人たち相手の商売ができなくて食っていけない」なんて言っている。自分たちの問題と全体の問題を取り違えてる。そんな意見まで報道するメディアもメディアだけど。

このあいだテレビのドキュメンタリーで見たんだけど、瀬戸内海の西のほうに祝島《いわいしま》っていう小さな島がある。そこはずっと漁業でやってきた島なんだけど、対岸に原発を立てるという計画が勃発した。原発が立つほうのところでは賛成している人間も多いんだけど、祝島のほうは産業がつぶされるって言って、漁業の補償金をもらうのも拒否している。カネが入ればいいという話じゃない。産業はカネでは買えないんだよ。産業こそカネだと思ってるでしょ? 違うんだよ。産業とカネは起源が違うんだよ。仕事とカネだって起源が違う。「カネはやるから仕事はするな」って言われて全員が喜ぶかって、そんなことは絶対ない。

「自分ぐらいはどうでもいい」という考え方

前に「『原発がなかったら冬の暖房はない。いまのテクノロジーがなければおまえみたいな虚弱なやつなんて生きていなかった』って言い方は脅しだ」って話をしたよね。そういう論理に対してこちらは退《ひ》くべきではない。

いまは何よりも自分の命が大事だってことになっているけど、そういう「自分ひとりの命なんてどうでもいいんだ」って思っていた時代とか社会とかがあるんじゃないかって話もした。

でも後で気がついたんだけど、いちばんそうだったのは太平洋戦争のときだった。

するとあれがいいのかって話になっちゃうわけだけど、それは違う。

太平洋戦争は、自分が生きたいとか、家族に生きていてほしい、人ひとりの命は重いっていう大前提のうえで、だからこそ「お国のために死ね」って、一人ひとりの命を紙屑のように扱ったんだよ。「いちばん大事なのは自分の命だ」というのを前提にしての脅しだよね。

そうではなく、ぼくが言っているのは、ここで自分が日和《ひよ》ったらこの伝統がダメになると か、この共同体がダメになる、この技術がダメになる、だから自分ぐらいはどうでもいいものとして、守るべきものを守ろうという考え方が自然にできるような社会のこと。そういう社会があったかなかったかはわからないけど、そういうものがいまの社会の対極としてある。

俺ひとりが生きるか死ぬかなんてたいした問題じゃない、という態度が当たり前になれば、いまの社会を操っているやつらにとって脅威になると思うんだ。やつらって言っても、やつらは社会そのものなんだけど、「やつら」って擬人化したほうがわかりやすい。でも、もしかしたら、その擬人化にすでに罠が仕掛けられているのかもしれないんだけど。

「もっともらしい話」に流されない

一人勝ちしていたら自分が滅ぶゲーム

アメリカがＴＰＰをやるって言ったらそれはやらないほうがいいっていうのと同じ理屈で、消費税増税もいろいろ理屈だけを聞いているとやったほうがいいっていうか、やるしかないのかなと思うんだけど、経団連が賛成しているところが怪しい。

経団連も賛成しているし大企業のトップもみんな賛成している。そこが怪しい。消費税増税のどこがいけないのかはわからないんだけど、とにかく自分のことしか考えていない経団連と大企業が賛成するってことは、やっぱり消費税はやらないほうがいいにちがいない。だけど反対しているほうも、小沢一郎みたいに自分の票集めしか考えていない人たちだから、わからなくなってしまう。誰も本当のことを言わない。自分たちのことじゃなくて、社会の将来を考えてものを言う政治家がいないから本当にわからないんだけど、とにかく財界人が言うんだからやらないほうがいい。

科学者であり哲学者でもあり、20世紀のレオナルド・ダ・ヴィンチなんて言われることもあったけど最近は日本ではどんどん忘れられつつあるというか、もともと日本ではごく一部の人のあいだでしか知られていなかったバックミンスター・フラーって人がいるんだけど、彼が考案したゲームでワールドゲームというものがある。それは地球全体をモデルにして、プレイヤーが地球の問題を解決していくゲームなんだけど、これをやるとき、自分の得ばかり考えていると全体が滅んでしまうというんだよね。相手を肥やさずに一人勝ちしていたら自分まで滅んでしまう。

人類も昔からそんな自分だけが勝とうなんて思ってきたわけじゃないと思うんだよ。そういうことを言い出したのは、やっぱり主に白人なんだと思うよ。

で、また「ER」の話なんだけど、「ER」で病院が看護師たちの労働条件の見直しをするっていう回があってさ。それまではみんなキャロルという師長さんと仲良くやっていたのに、師長は管理職の側だから看護師がストライキをやろうって決めると、いきなり敵対関係になるんだよ。あれは日本では本当に考えられない。突然みんな露骨にそっぽを向くの。で、その師長さんがすごい困るっていう話なんだけど。

その師長のキャロル役をやってた人がいまBSでやってる「グッド・ワイフ」ってドラマの主役なんだけど、今度はその人が訴訟ばっかりやってる。相手をハメること、負かすことしか考えてない。1回見たらうんざりする。いまのアメリカ社会でどうすれば勝てるか、負けないためにはどうすればいいかってことばかりやっている。

白人の発想って勝つことばっかりなんだよね。自分が勝って世界をつくろうとする。みんながほどほどによくなろうなんてちっとも思ってないんだよ。

数字は「ウソ」をつかないか？

話を戻すと、消費税を上げなくてはダメだという理由のひとつに、年金問題がある。年金は何十年か前は8人で1人を養っていたのが、いまは3人で1人を支える「騎馬戦状態」だと言われている。それも2050年頃には1人で1人を支える「肩車状態」になるという。

だから税収を確保しなきゃいけないというんだけど、でもそれは年金だけを見たときの話でしょう。たとえば70年代は、家族を考えてみた場合、専業主婦のいる家庭に子どもが1人か2人だったわけだから、1人の働き手が最低2人養っていた。

いまは共稼ぎで子ども1人のところも多いじゃない？　子どもが2人いても共稼ぎ家庭な

ら1人で1人を養うことになるわけだし、一人っ子なら0・5人しか養ってない。うちなんかは、子ども0だ。猫はいるけど。そこに年金が肩車状態になったって、1人増えるだけじゃん。それなら行けないはずはない。

だからここには考え方の誘導があるんだよ。誘導があると、みんなその流れの中でしか考えなくなってしまう。いちばんわかりやすいのは、労働人口の割合だと思う。全人口に対して労働人口の割合が増えてることだけは間違いないんだよ。それなのにお金が足りないというのは、一人ひとりの給料が安いからでしょう。大企業が消費税に賛成している理由は、正社員を減らして非正規雇用を増やして賃金をもっと減らしたいからなんじゃないかと思うんだよ。だから、消費税増税はいまの人件費削減の流れの後押しになる、ということなんじゃないかと思う。

情報を一部分だけ出して、いかにも根拠があるかのように統計を見せて、「数字はウソをつかない」とかって言っても、一面だけの情報なら、それは正確とは言えないよね。タバコの発ガン率とか、メタボの人が脳卒中になる確率とか、運動不足の何とか率とかって、いろいろ出てくるじゃない。これをしている人はそれが15%上がる、30%上がるってさ。でも、もともとそういう症状になる人が全体の何%いるかまで出ていない限り、何%増えようが減ろうが、説得力はないはずだよ。

この店で宝くじを買えば当たる確率が30%上がるって言ったって、じゃあ買おうって人はいないよね。宝くじなんてもともと当たらないんだから。タバコを吸ったら肺ガンになる確率が30％上がりますよと言われても、一生のうちに肺ガンになる確率が5％だとしたら、それが30％増えようがたいしたことはない。まあ、数字自身は「ウソ」をついてはいないのかもしれないけど。気が利かないだけで。

あ、それは厚生年金で、国民年金の話と混同してる？　そうかもしれないけど、国民年金と厚生年金の一体化とかも言ってるんだからいいんだよ。

「やればできる」は間違っている

話は飛ぶけど、センター試験のときにいつも思うことがあって、ちょっと開始時間が遅れたり、問題用紙のちょっとした配布ミスがあったりしたら大問題になるよね。不平等にならないようにやり直しにしたり。あの平等の発想というのが根本的に間違ってると思うんだ。人間なんてそもそもが不平等にできている。リスニングのテストもあるけど、聴力なんてみんな違うのにそれは問題にされない。順調に電車を乗り継いで試験会場に行ける都市の受験生と、朝からドカ雪が降っている地方の受験生とでは、すでにもう全然平等じゃない。

漢字の書き取りで「漆」っていうのが出てきたとしたら、漆原君は書けるわけだよ。その1点はどうするんだって（笑）。画数の多い名前のやつと簡単な名前のやつとでだって、書く時間に差が出る。

ああいう過度に平等を謳《うた》うっていうのも、何かの隠蔽《いんぺい》だと思うんだよ。人生も社会も不平等なんだってことから出発したほうがいい。そのほうが、みんな気持ちが軽くなると思うんだよね。

ぼくは中学がみんな受験して入ってくるような進学校だったんだけど、クラスに必ずひとりくらい、すっごい優秀な圧倒的に勉強ができるやつがいた。

他のみんなも受験をくぐり抜けて入ってきてるわけだから、それまでは優秀だと言われてきてるわけだけど、本当に飛び抜けたやつを目の当たりにすると、もう学力ではお呼びじゃないんだなって気づかされる。

そうすると、たいていのやつは競うというより、プロ野球の選手とかプロレスラーを応援するように、「あいつには頑張ってほしい」みたいな感覚になる。そうじゃなくて、俺も頑張ればうまく出し抜けるんじゃないかとかって往生際の悪いことを考えるようなやつらはその後だいたい役人になった。本当に優秀なやつは研究者になった。で、これは絶対敵《かな》わない、勉強方面はあいつらに任せようと思って勉強に見切りをつけたやつらはぼくみたいに小説家になったり、イラストレーターになったり、イロモノ路線に行った。

知能とか思考力って目に見えないから、「努力すればなんとかなるんじゃないか」なんて思ってる人も多いんだけど、能力の違いってやっぱり絶対的なものだよね。平等も何もない。

兄と弟がいて、お兄さんは東大に行ったけど下の子は箸にも棒にもかからなかったとするよ。そうしたら、まわりの人は「兄弟なのに」って言うじゃない。でも、お兄さんが身長180センチで、弟が165とかって兄弟はいるでしょう。それはどうにもならないのは明らかなわけで。すごいカッコいい顔の兄貴と不細工の弟だって普通だよね。

それが能力のことになると、なぜだかなかなか認めようとしない。それで弟のほうだって頑張ればできるんじゃないかとかって言うけど、頭のできだって身長が違うように違うんだよ。足の速さとかだって、あれはもう絶対的な感じがするじゃない。すごい速いやつとか見ると、そんな、自分たちがいくら練習したって敵うようなものじゃないって思うじゃない。能力って、そうなんだよ。

「運」と折り合いをつける

ぼくのいとこで、いとこって言ってももう60過ぎてるんだけど、甲府で会社やってる人がいてさ。それでボランティアに行く人ってやっぱりこういう人なんだなって思ったんだけど、東日本大震災のとき、地震があって1週間も経たないうちに社員を引き連れて被災地に行ったんだって。その人の会社は地質調査の会社だから、井戸の手こぎポンプとか普通に毛布とか支援物資を持って。

そういうのを行政に任せてしまうと、その避難所に100人いたとして、支援物資が95個しかないと、不公平になるから配らないって言うんだよ。だから行政の倉庫には配れない支援物資が山盛り眠ってるって。

だけど、そんなの誰かが謝ればいいわけでしょう。「平等にできなくてすみません」って言って交渉すればいい。そういう謝れるやつがいないんだよね。

だからもともと平等なんてなくて、人は運に翻弄される。センター試験だって平等ばかり言ってないで、そういうことを教えるほうが大事だよね。当日晴れるかドカ雪が降るか、一方はすごい好条件になって、一方はすごい悪条件になる。そういう中で運と折り合いをつけていくしかない。

いまはイケイケだと思ったら多少強気でいくとか、八方塞がりだなと思ったら極力動かないようにするとかっていうことは、学校教育の外でしか教わらない。ぼくのまわりには運でしか生きてないような人が多かったから自然にそういう考え方が身についたんだけど。

だけど、そんな、運の存在を隠している世界、排除しているような「健全な世界」に生きてきたら、40過ぎてそういう発想をしろって言っても難しいよね。やっぱり若い頃から麻雀したり競馬したりして、学習していかないと。

――私自身は前々から「運って何なのかな」と思っているところがあります。たとえば麻雀でも「流れを生かすように打て」などと言われますが、たんに確率的にベストな手を打っていくだけのことじゃないのかと思うんです。

だから、そういう人は運を殺している（笑）。

運ってそういうふうに考えるものじゃないんだよ。同じだけ最善を尽くしてもうまく行く日とうまく行かない日があったり、流れがあったりする。論理的な説明ではどうしても漏れてしまう部分があるというのはその分野に精通している人じゃないとわからない。あなたやぼくのレベルでは、まず何がベストなのかを知ることで、運なんて言うのは早い(笑)。でも、麻雀でも強い人たちは運については本当に敏感だよね。論理的・確率的にはベストなのに全然ベストにならないことは現にしょっちゅうあるんだから。運っていうのは、確率が通用しない時期のことなのかもしれない。「今日は確率が通用しないなあ」と思ったら、確率に根拠を置く思考をやめるしかないじゃない。

芸能人に宗教とかオカルトにはまる人が多いのはわかるんだよ。昔は自分ひとり食べていくのがやっとだったのが、あるときからぐんぐんよくなって、自分ひとりで事務所の何人も食わせるようになっていたり、自分の名前で映画1本つくられるようになったりしたら、「これは自分の力じゃない」と思うのが普通だよね。自分がコケたらいったい何十人が困るのかって考えたら、保険みたいな感じで何かに頼りたくなるよ。

と言っても、芸能人だから目立つだけで、それ以外の人と芸能人と統計取ったら、宗教やオカルトに頼っている人の比率はどっちも同じかもしれないんだけど。

非人間的な現実に目を向ける

ショーケースで動物を売るということ

ペットって、いまみんなペットショップで買うけど、それってかつての奴隷売買みたいなことをいま人間は動物にしているようなものだと思うんだよ。

だけど奴隷が解放されたように、いずれ動物も売り買いはされなくなって本来の場所で生きる権利を与えられるようになると思う。

あんまりこういうことを言うと、実際にペットショップで動物を買っていま飼っている人たちが傷つくでしょう。だからあんまり言いたくなかったんだけど、でも、実態を知れば知るほどひどいんだよ。

そういう問題について犬猫関連のブログをやっている人たちの中には、ペットの売買に関する法律とかそういうことを変えようと運動している人たちがいて、情報は本当にたくさんあるんだけど、情報なんかなくたってさ、ショーケースで売られている犬や猫を見ると、これが正常で奨励されるべきことだとは思わないよね。

売れ残ったら始末される。それくらいは誰でも想像できるよね。もともと繁殖させる側も全部売れるとは思ってないんだから。売れたらオッケー、売れ残ったら始末する。それだけ。コンビニの弁当やおにぎりと一緒。ひどい繁殖業者になると、ペットを可能な限り受胎させる「産む機械」にしてしまっている。たとえばチワワのブームが来たら、ブームの中で売り買いされるチワワはひどいことになっている。

そういう産む機械にされている犬たちっていうのは檻《おり》の中にいるだけで、下《しも》のしつけもできていない。生涯散歩させないどころか、檻から一歩も出さないんだから、ウンチ・オシッコをどこでいつしようが関係ない。ただ生きて産んでるだけ。

いまは、ネットで犬猫を売ってる業者もある。純血種というのは血統が証明されるということで、昔は「血統書付き」っていうのは特別な意味があったけど、いまは純血種って普通だから、「血統書付き」なんていちいち言わなくなったし、飼い主も血統書がほしいなんて思わなくなった。

ネット販売のページを見ると、血統書を希望する場合にはプラス2万円とかかかったりする。つまり血統書なんてないほうが割安なわけ。みんな「血統書なんて見てもわからないから」って言って血統書をつけないんだけど、見てみれば何もわからないわけじゃない。

血統書って、父・母、祖父・祖母、曾祖父・曾祖母って3代前までかその上の4代前までか、どっちか忘れたけど最低でも3代前までは書かれてるんだよ。それを見てみると、同じ名前が重複して出ていることがある。

つまりどんなに血統に無知な人でも近親交配のあるなしくらいはわかる。ひどい場合だと、お母さんと（父方の）おばあさんが同じだったりすることがある。

もうちょっと普通にあり得るのが、お父さんと、お母さんのお父さんが一緒っていうパターン。優秀な種犬《たねいぬ》の子どもって高いんだ。何々という賞を取った犬から生まれているということであれば、それだけで価値が上がっちゃう。「この犬のお父さんは××コンテスト優勝のナントカだ」って言っても、血統書を見てみれば、そのお母さんも同じナントカの種《たね》だという可能性がある。いくら種がよくても近親交配してたら意味がない。

だから10年以上前の話だけど、某地方のゴールデンレトリバーがみんなてんかん持ちだったなんてこともあった。種犬がてんかん持ちだったんだよ。

繁殖者がいくら頑張ってもメスはやっぱり受胎させる量に限界があるんだけど、オスはいくらでもできるからね。川端康成の『禽獣《きんじゅう》』にも出てくる。ずっと2階に住まわされている種犬がいて、それを階下に下ろしてくると、もうそれだけでこれから交尾なんだと思って「発達した器官」を出していたって。

そういう、繁殖だけのために生かされているような犬や猫がいる。

もう買っちゃった人たちにこんな情報を与えると悪いように思ってたんだけど、やっぱり無知がペット産業の闇を拡大させてるわけだから。どこかでみんなが1年とか2年、ペットをそういう店で買うのをやめれば、それでペット産業は終わっちゃうんだよ。そこで飼われていた犬猫たちは悲惨なことになる。でも、その代で止まるとも言える。

「生命保証」とは何なのか？

――ペットショップでペットを買えないのであれば、ペットをほしい人はどうすればいいのでしょうか？

ブリーダーから譲り受ける。本来、ブリーダーっていうのは、カネ儲けのためじゃなくて動物を愛していて、その種類を繁栄させたり、守ったりするためにすることだから。

動物っていうのは、よく知らないところで通りすがりに手に入れるものじゃなくて、きちんとした知り合いのツテを頼って、信用のおける人から譲り受けるようなものだよ。だって馬はそうでしょう？

こんなに無秩序にペットが売り買いされるのは「先進国で日本だけ」みたいな言われ方がされるんだけど、この言い方、いつも聞くよね。「高等教育にこんなに援助がないのは先進国で日本だけ」「若者の死因のトップが自殺なのは先進国で日本だけ」って、そんなに「先進国で日本だけ」ばかりで、日本はいったい何が先進国なんだって。GNPが高いだけじゃん。それ以外、何の先進国でもない。

このあいだ新聞の折り込みチラシで入ってたんだけど、渋谷に大きなペットショップができて、そこは1年間「生命保証」があるっていうんだよ。

「生命保証」かよ！って。家電じゃあるまいし。買って1年の間にその犬が死んじゃったらまた新しい犬をくれるってことなんだろうけど、そういうのを何とも思わないで買うっていうのはどうかしてる。っていうか、何も考えてない。そんな人に売るべきじゃない。でも持つ資格のない人にまで買わせるのがこの社会だから。

その店には専属の獣医が3人いて、写真付きで出ていて、「当店では専属獣医が健康診断をしていて、アフターケアにも応じます」なんて書いてあるんだけど、それは飼い主のためじゃなくて売る会社のためでしかない。無茶な交配の結果の病気が出ても、専属獣医がいればテキトーに言いくるめられる。だいたいそんなところで犬を買う人だから、犬のことなんか何も知らないし、自分で調べようとも思わない。専属獣医がいるという〝安心〟を何も疑わず、その飼い主は犬や猫と一緒に暮らしても何も成長しない。社会構成員の一人ひとりが成長しないで、自分で考えたり観察したり調べたりしないほうが都合がいいって、まさに社会の縮図だよね。

『タイムマシン』のような世界

こういうことを考えているとH・G・ウェルズの『タイムマシン』を思い出す。この小説は「タイムマシン」っていうアイデアだけが有名になったけど、ウェルズはタイムマシンで行った80万年後の未来世界を書きたくて、タイムマシンを便宜上つくっただけなんだよね。ウェルズが書きたかったのはそっちのほうなんだ。

この小説によると、未来は競争もなく一切働かなくていい地上世界の人たちと、地下に住む労働するだけの下層階級の人たちと、世界はふたつに分かれていく。でもそれも最初だけで、80万年後には、地上の世界で大事に大事にされて生きてきた何もできない人たちは、逆に地下世界の人たちのエサになっている。

いまの日本の社会って、その『タイムマシン』の地上世界のようになっているって感じるんだよね。地下に住んでいる人たちのエサをつくってるだけみたいなシステムになっている。

――すみません、いまの日本が『タイムマシン』の地上世界みたいになっているっていうのがちょっとよくわからないのですが……。

そう？　わかんない？　感じない？

じゃあ、いま説明してもしょうがないから、また時と場所を改めて話すことにしよう。それまで、三浦君（聞き手）も自分たちが生きさせられている環境がどれだけ手取り足取りなんでもしてくれるおかげで、自分自身の個人としての能力は奪われて、ひとりで放り出されたら何もできない、自分が存在している価値は消費者として買い物して流通に貢献するだけなのかもしれないとか、自分の一挙一動がカネの流通に貢献していて、GNPとかGDPとかに反映するようになっていて、そういう経済にカウントされるんじゃない時間を送ることができなくなっている、というようなことを考えてみておいてよ。次になるかいつになるかわからないけど、またそのときに話しましょう。

あ、それから、さっきの、「犬や猫と一緒に暮らしても何も成長しない」という言い方は、人間寄りでよくなかったね。「一緒に暮らしても何も成長しない飼い主に飼われる犬猫こそが悲劇だ」と言うべきでした。

第7講　同じことを考えつづける力

長時間、我慢強く考える

「できない人」は説明してもできない

ネットの時代ってひとつ大きな変化はさ、いままでは聞こえなかった声がもろに聞こえるようになったってことがある。紙媒体だって、いろんなフィルターで取捨選択されて活字になってたわけでしょう。これまではそういう取捨選択した情報が流通していたけど、いまはまったくダダ洩れで、すべてのものが目に触れるようになった。昔は取捨選択されていた新聞の投書とかがそのまま全部掲載されているような状態。ただでさえあのレベルの新聞の投書が、採用されなかったのまで載っているというのはすごい状態だよ。

誰でも意見が言えるようになったって言うと聞こえはいいんだけど、やっぱりすべてのことにはいい面と悪い面がある。能とかは完全に師弟関係が確立されていて、そもそも師匠に質問することすらできない。なぜなら質問すること自体、ものをわかっていないその人の側に引き寄せてしまうものだから。その質問に対して答えても、それはわかっていないレベルでの答えにしかならない。だから「質問せずに、ひたすら師匠の言うことを聞け。わかってなくても言われたとおりにしろ」ってことになる。そのうちにだんだんわかってくる。

「わかってくる」って言ったって、学校的に「わかる」わけじゃないから、わかるようになったその人が、かつてわからなかった自分が抱いた質問に答えられるようになるわけじゃない。わからなかった自分なんか、どっかに消えちゃうんだよ。伝統工芸とか大工とか左官の世界はそうだったと思うんだよ。

だけどそれがほとんどの世界で、ちゃんと質問に答えていくってやり方になっている。そうやって入門者を逃がさない。そうしてサービスしていないと、現に入門者がいなくなって崩れていく世界もあったんだろうと思う。

でも、そうすると師匠とか親方とかの地位がずっと下落して、目指すべき習熟度というか、たとえば名人と呼ばれるための習熟度が低くなっていってしまう。入門者に答えようとするために。

やっぱり伝統的な世界、あるいは大工とか料理人とかでも、それは技術じゃなかったのかもしれない。いまわれわれは全部技術だって捉えてるけど、そうじゃないのかもしれない。能とか歌舞伎の名人に聞くと、それは技術じゃないって言うと思うんだよ。呼吸とか立ち方とか、最後はそういうところに行き着くんじゃないかな。

教わるのは一応技術なんだけど、それを技術だけだと思っている人は呼吸とか立ち方とかがよくならない。だから弟子入りしたら、最初の1年間は雑巾《ぞうきん》がけだけだったりした。それが伝統的な世界では意味があったんだよ。でも、それでは裾野が広がらない、人材が確保できないから、入門者にやさしくなって全体のレベルが低下していった。

だって名人にその技術を全部論理的に説明してくれ、客観的に説明してくれって言っても、説明しきれるわけないじゃない。天性の適性だってあるしさ。このことは「なんでも平等がいい」って発想とつながってるんだよ。なんでも網目を細かくしていけば、全員それができるみたいな考え方。でも、そんなことはあり得ない。

たとえば猫の血管から血を採るってけっこう大変なんだよ。猫の血管って細くて。だからこうやって縛って血管を膨らませたり、血管がわかるようにそこだけ毛を剃るとかいろんなことをしても何度も刺し間違う獣医もいる。でも、本当にすごい獣医さんっているんだよ。友だちがその獣医さんにかかってたんだけど、こうやってあらかじめスーッと一度軽くそのあたりを触るだけで、もう次、スッと刺せちゃう。動物も最初から全然怖がってない。

その病院の中で小鳥が逃げちゃったことがあったらしいんだけど、その先生がパッと手を出したらそこに止まったって(笑)。そういうドリトル先生みたいな人がいるんだよ、そういう天性の才能のある人が。

「殺す」の強さ、「寝る」の弱さ

――文章の世界でも、天性の才能のあるなしということは感じられますか?

文章はね、散文のリズム感っていうのがあるかどうかって話なの。散文としてのリズムね。

いちばん広い漠然とした意味でのリズム感なんだけど、そのリズム感は韻文と全然違って、文字数じゃないわけ。でも、日本語の韻律の数え方って、考えてみるとよくわからないんだよ。英語の音節の数え方とはまったく違う。俳句とか短歌みたいに一語一語を数えていくのは、あれは本当に韻律なのかっていうのがすでに疑問でさ。あれは乗せるように読んでるだけじゃない？　俳句は、5・7・5じゃなくて、8・8・8だという考え方もあるらしいんだよ。

「古池や」って読むでしょ。で、そのあとに間をあけるでしょ。その間で時間を調節して、5・7・5のすべてが8・8・8になるようにしてるんだって。ぼくにはある意味そのほうがわかりやすい。日本語の文字を英語風の音節で計算すると全然違うことになって、俳句を3つ並べれば3つとも音節の数、バラバラだよね。

その音節も長いと短いとがあるから、いよいよわからない。散文のリズムっていうのは、そういう英語でいう音節のスタイルのほうだよね。あとはその人の育ちというか、方言の混じったイントネーションとか、その人のキャラクターや喋り方の強弱とかも入り交じってくる。

まあ、それにしても、非常にリズムの感じられない人はいるよね。そのリズムっていうのは、文章だからもちろん内容とも関わってくる。

「血」とか「殺す」とかって言葉のイメージよりは「寝る」って言葉のイメージのほうが弱

いとか、「空」と「灰皿」みたいな、イメージの広がるのと狭いのとがあったりして、そういうのが全部関わって全体のリズム感、イメージのリズム感になるんだと思う。

だから読んでいてリズム感が悪いなと思う人は、書いてることが退屈なの。そこでイメージが動かない。ひとりどうしても退屈な作家がいて、普通は退屈なのなんて読まなくていいんだけど、変なことから付き合いが生まれちゃってさ。ぼくが勤めていたカルチャーセンターの先生になったんだよ。担当者だから、しょうがないから読むでしょう。つまんなくてさ。読んでる間、ぼくが文句ばっかり言ってるって妻が言ってたよ。ずっと怒ってるって。

ある編集者がパーティでその作家に会ったら、その人が「いま、こういう話を書こうと思ってるんだけど」って言って、ざーっと筋を言ったんだって。書く前に筋を言う時点でダメなんだけど。それを聞いた編集者が、「その話、70枚くらいでカチッとまとまったら面白そうですね」って言ったら、その作家が「バカ、300枚だよ」って（笑）。

——退屈というのは、テンポよく読み進められないという感じなんですか？

やっぱりイメージが平板なんだよ。たとえば、不倫をしている男が若い女の子に向かってちょっと人生の深淵をのぞかせるような話をするって場面で、カマキリはメスがオスを食い殺すなんて話を喋らせたらもうダメじゃない？　中学生でも知ってるようなことを。そんなことを平気でやっちゃうとかね。

「才能がある」とはどういうことか？

それでこないだ面白いと思ったのは、「ザ・ソングライターズ」って番組あるでしょう。作詞家とかをゲストに呼ぶ、俺と同い年ぐらいのロッカーが司会の。

――佐野元春さん。

そう。それで、そのゲストの作詞家が生徒たちに詞を書かせるって回があって。題材に、表参道のいちばん大きい交差点で、人がバラバラ渡っているところを上から撮った写真を見せて、これで詞を書きなさいって言ったの。それ、次週までにってことだったんだけど、こっちも1週間、そのことが何回か頭をよぎるじゃん。でも、そのバラバラ人が渡っていくところを詞にするっていうと、「これとこれぐらいしか考えないけどな」って思ってさ。うつむいてる人がいて、なんか自分でイケてると思ってるような人がいて、そういう人たちが交差点で交わってとか、そんなぐらいしか考えない。

それで次の週見たら、その作詞家がいい作品として選んだのは、やっぱり全然違う詞だった。だけどこれ、詞を書けって言われたから、ぼくもこうなったわけでしょう。その2週目にいろいろ出てきた詞を見たときに、あっと思って、「俺もこれをもとに小説を書けって言われたら、もっとちゃんと考えたな」って思った。

「詞」って言われた瞬間に、自分の考えがこんなに狭まっちゃう。ここだけになっちゃう。

でも、「これで小説を」って言われると、そうはならないわけでしょう。バーッてもっと考えが広がっていって。

だからそれが、ぼくは小説っていうことなんだよ。他の人にとっては詞だったり、あるいはアニメーションだったり、いろんなことになるわけで。ひとつのきっかけを与えられたときに、いろんなことを考えられる人がプロであったり、その適性があったりするんだよね、きっと。やっぱり適性がないとか、受け手一辺倒にしか接していないぼくにとっての詞のようなものは、きっかけを与えられても何も考えない。詞って言われたときに、「これが小説だったら」とすら、その1週間考えなかったんだよ。そこに驚いたの。

どうやって「手を読む」のか?

ダメな小説の話に戻るけども、ダメな人っていうのは、そういう通りいっぺんのことしか考えない。それと前に進まなくなったときに、そこでどれだけ長く考えられるかなんだよ。そう考えるようになったのは、将棋の大山康晴の一言を聞いてからなんだけど。

テレビの将棋対局で大山康晴の弟子が出てたんだけど、その人、30歳前で六段でさ。弟子っていっても、それを見たのはぼくがまだ20代の頃だから、ぼくより年上の人。

それくらいの歳で六段っていったら、順調に行けば最後には名人戦とかまで行けるようなそこそこ良いってところ。でも、アナウンサーが大山に、その人についてコメントを求めたときに、大山が「彼は長考ができない」って言ったんだよ。腰を据えて考えなきゃいけないところでもつい指しちゃうって。

あと、ぼくは学生時代に参考書会社でバイトしてたんだけど、そこの社長が朝日アマ名人だったんだよね。中村さんっていう人。社員旅行のとき、ひまだったからその中村さんが「保坂君、将棋指せるんだったら指そうよ」って言ってきて将棋を指すことになった。

それで指したら、あっという間にボロカスにやられたんだけど、そのとき聞いてみたんだよ、「手を読むって、どうやって読むんですか。どんどん読めるんですか」って。そしたら中村さんは「手なんか読むの大変だよ」って。「読むの大変だけど、じっと我慢して読むんだよ」って(笑)。それで、ああ、強い人ってそうなんだなって思った。

だから、すぐ答えが早見えする人とか、当意即妙に長《た》けた人のことを頭の回転が速いとか賢いとかっていうけど、それは頭の働きの一部分でしかないんだよね。

なんでセンター試験はあんなに平等にこだわるのかって話をしたけど、能力の測り方自体、不平等でさ。3日考えつづけられる人とか3カ月同じことを考えつづけられる人の能力は測れない。ひとつの問題に対して15分以内に考えられるようなことしか試験やってないんだから、それ自体不平等なんだよ。

きれいにまとめようとしない

「まとまりのいいもの」をつくるな

大橋巨泉や永六輔のテレビ草創期の話って面白いんだよね。まず放送するネタがないから、つねに突貫工事でいろんなものをつくらないといけない。テレビなんて当時はわけのわからないメディアっていうか場所だったから、カネ儲けできるなんて思ってないんだよね。だからめちゃくちゃなスケジュールの中でもやりたいことをやる、自分が見たい番組をつくる。

その感覚はわかるんだよ。ぼくがカルチャーセンターで熱心に企画をやってたのは20代後半の4、5年なんだけど、とにかく安月給でカネがなかった。でも、自分のやりたいことをできるのが嬉しくて、カネに関係なくいろんなことをやった。

いまだってやりたいことをやればいいって人はいるはずだよね。デジタル多チャンネルになって制作費は安いけどとにかく何かつくんなきゃっていう状況の中で、再放送ばっかり流してないでやりたいことをすればいい。でも、最近はそういうことをしなくなっているように思う。何ができるかわからないけどやってみるってことがなくなった。変なものをつくっちゃうよりは、つまらなくてもまとまりのいいものをつくっているほうがいい、みたいな感じでさ。

――昔のほうが冒険が許される風土があったのでしょうか？

許されるっていうか、冒険するしかないような風土だったんだよ。で、冒険したいようなやつしか、そういうところにはいなかった。ＡＶ、じゃなくて、いまはＡＶに全部回収されちゃったけどピンク映画で、若松孝二って監督がいる。ピンク映画の神様みたいな人で、って、「ピンク映画」と「神様」は語義矛盾みたいだけど、とにかく中心の人物で、若松孝二とその周辺のピンク映画を、ぼくが学生時代に四谷公会堂かどこかで連続上映したときがあって、シンポジウムで若松孝二も喋ったんだけど、「ピンクやってたら食うだけで精一杯」って言われるけど「好きなこととして食えりゃ十分じゃないか」って。

食えさえすれば、あとは自分の好きなこと、やりたいことをやりゃいいんだよっていうさ。だから若松さんなんて、仕事ができなくなった時期はマンションの管理人みたいなこともやってたみたいだし、財産なんてないと思うし（若松孝二さんは２０１２年10月17日に交通事故が原因で76歳で亡くなりました。ご冥福をお祈りします）。

このあいだ、雑誌の特集で、ＡＶつくってるソフト・オン・デマンドの社長が価格の安いセルビデオを中心にして、ものすごいカネを動かす会社にしたとかってことがステータスであるかのように書いてたんだけど、ステータスなんかいらないんだよ。

カネが動くとダメになる

昔のピンク映画って、奇妙な、ストーリーの飛躍とか、論理の飛躍とかが平気であるわけ。突然、拳銃出すとかさ。革命について喋りはじめるとかさ。それはフィクションのできとしてどうかって話はおいといて、ピンク映画の中だけで起こり得る出来事の展開を考え出したのね。それ、他のジャンルでは成り立たないんだよ。

でも、それはアダルト、AV……何ていうかわからないけど、エロ・コンテンツのほうには受け継がれなくて、コミックやアニメのほうに受け継がれているんだよね。

いきなり関係のない世界観に飛んだり存在論みたいなほうに行ったりする。ストーリーにもその中でしかあり得ないようなものすごい飛躍がある。その飛躍を使って、作り手は何かを語ろうとしている。

だから小説でも普通の映画でもない、そこでしか表現できない何かをつくりだした。荒唐無稽であっても見る側が引き込まれたり、ワクワクしたりするっていうことは、そこにはリアリティがあるっていうこと。リアルだから引き込まれるんじゃなくて、引き込まれることにリアリティがある。リアルなことをやっても引き込まれるわけじゃない。いま見ているそのときに説明はつかなくても、そこにはリアルがあるんだよ。

ぼくはアニメとかコミックとかはほとんど見ないんだけど、たまに見ると、この展開とか飛躍って何だろうなって思うわけ。でも、その、そこでしか可能でないことをやるっていうのは、そのジャンルが自立してるっていうことだろうね。それがそのまま映画とか芝居になったり、ノベライズできるようなものだったら、逆にそれはジャンルとして自立していないということになる。普通その逆に考えられがちだけど、他のジャンルに置き換えられないことがそのジャンルの強さなんだよ。そもそもアニメを見るときは、顔の4分の1が目みたいな顔を見ても疑問に思わないでいる。すでにもう変だよね。昔、実写で『鉄腕アトム』をアニメ以前にテレビでやったんだけど、実写で目が顔の半分あるのはまずいよね（笑）。

だからアニメとかコミックって、そういう、他にはない発想がその中にあるっていう意味でもピンク映画に近いし、あんまりカネ儲けのためにやってるって感じでもないよね。

まあ、「一攫千金」とかって考えている人はいるんだろうけど、それはいいんだよ。「一攫千金」なんて宝くじを買うようなもんで、きちんとした工程表があるわけじゃないからさ。自分のしたいことをして儲かることを夢見てるだけだから。

ちゃんとしたビジネスマンとか会社経営者だったら、そんなことはしないじゃない。自分の会社を一部上場にするための工程表が頭の中にあったりするわけでしょう。よく知らないけど。

アニメやコミックやってる人っていうのは、そういう人じゃない。そりゃアニメやコミックがカネ儲けだと思って寄ってくる企業人もいるだろうけど、実際につくっている人たちの気持ちそのものにウソはないんだよ。

一方では、いまの社会だとそこでカネが動き出すのが活力だと思ってるようなところがあるんだけど、これは非常に危険なんだよね。実際、日本のエンターテインメント小説なんて全然ダメじゃん。カネが動きすぎてるもんね。

新聞はもっと野蛮なものだった

ただ、大橋巨泉や永六輔のような人たちが証言したり回想したりするテレビ草創期の話から感じるものっていうのは、いまぼくが言ったこととはまた違う。やっぱり草創期特有の何かなんだよ。それはどこかで形が安定したときに、もう別のものになってしまう。新聞がそうだよね。

「ちくま」の連載（『魚は海の中で眠れるが鳥は空の中では眠れない』として書籍化）にも書いたけど、正岡子規は「日本」っていう新聞に毎日文章を載せていて、それがたった3行の日もあれば、岩波文庫で3ページにわたる日もあった。

そういう記事っていまの新聞だったら、もともとスペースが決まってるよね。大江健三郎や池澤夏樹が月に1回「朝日新聞」に書くのだって、ほとんどスペースは決まっていて、それを大江健三郎は前日に書くわけではない。1週間前くらいに書いて入稿する。

でも、正岡子規のその随筆は前日に書いてるんだよ。ある日の連載では、「記事について間違いを指摘する投書が来た」ってことを、その間違いが載った日の4日後の連載にはもう書いている。それぐらいのペース。

そういう前日とか、せいぜい前々日に書いたような随筆――しかも好き勝手な長さのもの――を載せるものが新聞だった。だからいまの新聞はもう違うものなんだよ。スペースを前もって割り振って、全部コンテンツを埋めていくっていうことをしている時点で別物になっている。結局、早晩いまの形ではなくなっちゃうんだろうなって思うんだけど。

コンサートで立ち上がるのはなぜか？

だけどラジオは面白いよね。聴く側じゃなくて、呼ばれて行って出てみると面白くてね。ぼくが行ったのはNHK－FMなんだけど、ブースの中は四畳半くらいしかなくて、そこにぼくと聞き手がふたりいるだけ。ブースの外で録音したりしている人もひとり、ふたりしかいない。だから、とにかく自分の力で伝えるしかない。まわりの力を使えない。

きっとラジオができたときから全然進歩してないんだよね。それでラジオって、ぼくみたいな素人が出ていくときは録音になるけど、基本は生放送でしょう。そこも変えてない。むしろ録音するより生のほうがラクみたいなところがある。

テレビが出てきたときに、「ラジオなんてなくなるぞ」って言われたらしいんだけど、でも、まずひとつは長距離トラックの運転手たちが夜中に聴く番組、それと若者たちが夜中に聴く深夜放送、そういう深夜放送のほうから、ラジオの将来が見えてきたんじゃないかと思う。それと、昼間でも手作業している人たちがラジオをかけつづける。美容院とか八百屋とかさ。ラジオ深夜便も年寄り中心に人気があるけど、そうやって支持している人がいる限り、ラジオ自体は消えない。

だから残ってほしいものは、有機農法の野菜を高くても買うっていうのと同じように、受け手の側が自分から主体的に関わって支えていくという意識を持たなくちゃいけない。

いま、受け手である人たちはべつに自分たちが支持者だとは思ってないよね。

ただのユーザーだとしか思ってないから、自分の購買行動がその作り手を支えるっていうふうな感覚はない。

ぼくがよく言うのは、コンサート会場に行ったら、5万人いたってノルでしょう。そのミュージシャンのために立ち上がるじゃない。5万人もいるから自分は立ち上がらなくていいなんて思わないよね。コンサート会場では、片隅の自分が立ち上がることでも何か「届く」っていう幻想がある。でも、本を買う人にはそういう感覚はない。本なんて普通は1万部も売れないんだから、本当はもっと届いているはずなんだけど、そういう意識は閉じている。

「伝わらない」という小説のよさ

いま喋りながら思いついたんだけど、どうしてレコードができたときにコンサートがなくなるって考えなかったんだろう。それはやっぱりコンサートに何かがあるわけでしょう。ていうか行けばわかるけど、生の強みは圧倒的にあるよね。そういう生のよさをわかっている人たちがいっぱいいるから、レコードができてもカセットテープができてもコンサートはなくならなかった。

出版でも、時代が変われば紙なんてなくなってみんなスマートフォンで読んでも気にならなくなるよ、なんて言う人もいるけど、それならコンサートだっていらなくなっているはずじゃない？

やっぱりそこには「何か」があるんだよ。この言い方だと「紙の匂い」とか「手に持った感触」とかってことに聞こえるかもしれないけど、そんなことじゃない、もっと本質的な何かがある。

スマートフォンのアプリにすれば、あるページに来たときに、作家がイメージしたとおりの音楽が流れてくるっていっても、そんな音楽を流すことが本当にいいのか。音楽のイメージまで強制されたい人は、わざわざ本なんか読むのか。だったら、作家のイメージどおりの女の顔とか全部出せばいいじゃん。それは小説より映画のほうが伝達手段として上という発想だよね。文字だけより、音も映像もあるほうが伝わりやすい、という。

本って、書く側がこの女の子は蒼井優だって思って書いても、読者は佐々木希だったり、世代によっては有馬稲子の顔をイメージしたりする。書き手のイメージは絶対に正確には届かない。
小説の本質って、きっとそういうところにあるんだよ。他にもいろいろあるから、「そういうところにもある」かな？　どれだけ精密に描写しても、読者は自分の経験の中にすべてを当てはめる。文字からイメージするというのはそういうことだから。だからぼくが『カンバセイション・ピース』で、家の中をどれだけ詳しく描写しても、読者はそのとおりの家の形には読んでない。それは誤読なんだけど、必要なブレでもある。

碁盤の上にイメージを飛ばす

もう何も浮かばないかもしれない

——前に、デビューされた頃には「次は書けるのかな」と悩んでいたときがあったというお話がありましたが、そういう「何を書けばいいかわからない」というとき、そのテーマや書くべきことというのは、どこから出てくるのでしょうか？

「悩んでいた」じゃなくて、不安とか恐れのようなものなんだよ。悩むって、セコい感じがしてぼくは嫌いなの。悩むって、すごい個人的な感じがしない？　不安や恐れは他の人と共有し得るものという感じがする。ぼくだけの感じなのかもしれないけど。悩みはたいしたものじゃないし、すぐそこに出口がある。

で、質問にもどると、ぼくみたいな、ストーリー小説じゃない小説を書く人間っていうのは、ある題材、ある情景、ある人物みたいなものがひとつ浮かんだときに、あ、これは書けるなと思うんだよ。それはアイデアってことじゃなくて、題材という意味でもない。最初の何フレーズかのメロディが与えられればあとは即興を弾きつづけられるっていうのに近いようなイメージで、これならきっと1カ月、2カ月書きつづけることができると思えるようなもの。

その情景は入口とも限らないんだけど、ラストってことはあんまりない。わりと早めのところで書く情景が出てきて、こういうものだと書きつづけられるなって思って書いていると、また次の情景が出てくる。

ただ「書きつづけられるな」って思っても、書きだしたら続かなくて終わるってことも多い。でも、その中の何割かが、書いているうちに「もっと先が書ける、もっと先が書ける」となって書いていける。

そういうのって綱渡りではあるんだよね。もう、そういうものが浮かぶことがなくなるかもしれないって思う。それが怖ければ、社会問題とか、レイプ犯の独白でも何でも題材にすればいいんだけど、もっと違うところから出てくる何かを形にしたいわけだから、そういうことをする気はない。すると、もう出てこないかもしれない。

でも、そういう気持ちを5年とか10年味わっていくうちに、「前ももう出てこないと思ったよな。だからきっと出てくるんだよ」って思えるようになる。

……なんて思いながらも、『カンバセイション・ピース』を書いてから『未明の闘争』を書きだすまで、何年も何も出てこなかった（笑）。短編のネタなら出てくるんだけど、そういうのは書く気ないからさ。

「アイデア」を練ってもしょうがない

でも、現代イタリア幻想短編集とか、ラテンアメリカの短編集とか、幻想短編みたいなものを読むのはわりと好きなんだ。そういうのって衝撃的に面白いものがたまにあってさ。あくまでも、「たまあに」ね。一冊にひとつか、それ以下。で、それ以上に、読むたびに、カフカはこうじゃないなと思うんだよ。

カフカの小説って、プロットが込み入ってたりするわけじゃないし、びっくりするような状況が書かれているわけでもない。『変身』だって、「ある朝、目が覚めたら虫になっていた」っていうのはびっくりするような話に思えるかもしれないけど、びっくりするような話だと言われているからびっくりするような話だなと思うだけで、そんな設定、べつに珍しくはない。

カフカはそういうことで衝撃を与えようとしているわけじゃない。でも、ほとんどの幻想短編小説は、そういう衝撃とプロット、あと落としどころみたいなもので読ませるというものだよね。

そのプロットで言うと面白いのは、アドルフォ・ビオイ=カサーレス。ボルヘスより15歳ほど若いんだけど、ずっとボルヘスと共同作業をしていた。合作したりアンソロジーをつくったりしている。このビオイ=カサーレスの短編はもう衝撃的に面白い。

わりと手に入りやすいのは、白水Uブックスの『ダブル／ダブル』っていう分身ものの小説を集めたアンソロジー。そこにビオイ=カサーレスの『パウリーナの思い出に』っていうのが入ってる。

――プロットとして面白いというのはどういうことですか？

発想が面白い。あり得ないだろうっていう。あいにくなことにビオイ=カサーレス短編集って日本ではないんだよ。英語ではあるんだけど。だからラテンアメリカ短編集とかにたまに入ってるのを読むんだけど、どれを読んでも面白い。長編は『モレルの発明』（水声社）と、もうひとつ『脱獄計画』（現代企画室）というのが出ていて、これもものすごく面白い。

あとボルヘスとかね。でも、ボルヘスの短編はいわゆる短編じゃないよね。なんか勝手に違うことをやってる。それから、ボルヘスが自分の先達のように言っているルゴーネスも信じがたい想像力をしている。ビオイ=カサーレスとルゴーネスは、想像力として常軌を逸してる。ああいうのは、もう、想像力とは言わない。鉱物、とか、突風、とか、そう言う。まあ、そういうものすごい面白い人もいるにはいるんだけど、短編ってそんなに衝撃的に面白いものはないよね。どうしても小噺《こばなし》みたいなものになってしまう。そういうものを思いついても書こうとは思わない。

そうやっているうちに『カンバセイション・ピース』を書き上げてから『未明の闘争』に着手するまでに4、5年かかってる。完成から完成といったら、まだ完成してないわけだし、7年になるか8年になるか9年になるか……。

「書こう」と思ったときどう考えるか？

——その間は少し、「もしかしたらもう書けないかもしれない」という気持ちはあったんですか？

『カンバセイション・ピース』を書いてしばらくは、きっといつかは書くだろうけど、まず当分書かないことは間違いない、2、3年は書かないことは間違いないと思っていた。だから、『小説の自由』とか小説論のシリーズを書いていた。でも、そういうことをやっているうちに、本当にもう、ずっと書かないかもしれないと思ったこともある。そんなときに、デヴィッド・リンチの映画を見ていたらリンチの考えていることがよくわかった。世の映画に対して何が不満なのか、作品に対して完成度を問う価値観への違和感、仕上がりよくつくるなんてくだらない、っていうそんな気持ちが伝わってきて、それで自分も書こうと思ったんだよ。

――書こうと思ったら、すぐに書けるものなんですか?

まず書こうと思ったら、次は、どういうふうに書こうかなって考えるようになる。で、書こうと思うその碁盤の上に、こういうものを置いてみようかな、こういうものを植えてみようかな、飛ばしてみようかなって考えていく。『未明の闘争』も導入の場面がイメージできて、これなら何か置いたりしていけるかな、という気がしたんだけど、自信がなかったから、連載を始める1年半ぐらい前に70枚前後書いていて、連載が始まる頃までにはだいぶ書き直して100枚ぐらいにはなっていた。

それで、それぞれのシーンは10枚ぐらいなのに、アキちゃんというやつが出てくるシーンが20枚ぐらいになっちゃって、これは長すぎるなって思ってた。まだ覚悟ができてなかったんだね。そうしてためらっているうちに連載が始まっちゃった。だけど書いているうちに、そういうことは関係ないんだなってなってきた。だからもう700枚ぐらいになるけど、いまだにアキちゃんのシーンが続いている(笑)。

この小説は「群像」の2009年11月号から連載が始まってるからもう丸2年以上になるんだけど、書きだしたのは2007年とかだから、もう5年ぐらいやってることになる。飛び飛びだけどね。

その間に当然自分も進歩している。進歩というか、前に進んでるんだか横に移動してるんだかわからないけど、変わっていることは変わっているわけだから、書きだしたときに「これを守っていないと作品にならない」みたいにとらわれていたことが、どんどん乗り越えられていくんだよ。乗り越えたんじゃなくて、関係なくなったのかもしれないけど。

解釈しない。ただ読むよりもっとただ読む

――書けないかもしれないと思っていたときは、「それでもいいのかもしれない」という感じだったんですか？

そう。もともと書けなくなるっていう不安は最初からあって、『季節の記憶』という小説の中で、ずっと何年か読んできたものの総まとめ的に宇宙論とかいろんなことを書いたんだよ。いま見ると、チャンチャラおかしいみたいなところもあるんだけどさ。

そういう宇宙論とか素粒子とかの話ってどうしてもわかんないんだけど、もし自分が小説を書かなくなったらか、その頃の気持ちとしては、書けなくなったら、そういう理系と文系をつなぐような本を書こうかなって思ってた。

だけどその後は、『カンバセイション・ピース』を書き上げるまでそれなりにやってきたから、ある程度間が空いても、これぐらいは空くこともあるだろうなと思えるようになった。『カンバセイション・ピース』を書いた後は、小説論を書いていたわけだけど、小説論は仕事として需要があるかどうかは別として、10年ぐらい書いていけるんじゃないかとも思った。

自分の中で小説を書く気が生まれなかったら、小説論とか美術とか映画とかいろんなことを対象に書いていたらそれはそれでずっと続いていくのかなと。

小説論を書いていて退屈なわけじゃないからね。書きながら自分にとって刺激っていうか、何かだったから。何かっていうのは、つねに更新されるっていう感じかな？　そういう何かがあったから。書くためにけっこう読むし、どう読むかを考える。でも、その考えるっていうところがまた落とし穴なんだけど。文芸評論がコケるのも全部そこだよ。ただ読めばいいんだよ。ただ読むっていても、ただ読むより、もっとただ読むような神経の使い方もできる。

いまだって読んだものについて何か書いたりはしてないけど、自分の刺激とか、刺激ってなんか漠然とした言葉だけど、いま書いているもののために体を押してもらうとか、広い暗闇に懐中電灯の狭い光を照らすようなつもりで、いろんなものをとっかえひっかえ読んでいる。

仮に自分がやっているのはロックだとしても、バッハを聴いてみたりモーツァルトを聴いたり、現代音楽を聴いたり童謡を聴いたり賛美歌聴いたりってことが、演奏のための刺激になる。

最近だと第一次世界大戦のときの暗号解読について書いた『決定的瞬間』（バーバラ・W・タックマン、ちくま学芸文庫）って本を読んだんだけど、これが面白いのは、こんなのないっていていうくらい情報がそれぞれのページにギュッと詰まっている。いろんな国の首相の名前が出てきて、外交官が出てきて、王様が出てきて、そこに反逆者が出てきて、将軍が出てきて、軍人が出てきて、政治家が出てくる。そしてその人たちの出自について家系が出てきて、何をやったかが出てきて。そして出来事があれば、そのとき何を考えたか、朝はどうだったか、そのときの世界情勢はどうだったかってことがもう、ギュッと詰まってる。

小説を書きつづけてると、自分の中でマンネリ化するんだよね。この書き方で続けていけそうだなと思う。そう思うと、もうつまんなくなっちゃう。

だからそういうものを読んで刺激をもらう。真似とか借用とかってことじゃなくて、たとえばその「ギュッと詰まってる」という感じも、自分が書くとまたまったく違った形になるわけだから。

第8講　「じゃあ、猫はどうするんだ」と考える

世の「支配的な価値観」に抗う

小説を書くときの「頭の使い方」

——小説を書くに際して「考える」ときに、あれがああなったらこうなって、というようにシミュレーションされるようなことはあるのでしょうか？

『カンバセイション・ピース』までは、少しはそういうこともしたよ。だいたい5ページ先ぐらいまで考えて、ここでは誰々がこうして、次に誰々にこんなことをしてもらおう、みたいな、ま、ひとつの場面だね。ひとつの場面はこうしてこうして、ああしようぐらいは考えて書いたんだけど、いまはもう先のことは全然考えてない（笑）。書いていきながら、前に書いた書き方と同じような感じになったり、自分がいまここでほしい感じはこういうことじゃないと思うとやめてしまう。それでまた前に戻って書いていって、「あ、こういう感じなんだ」っていうのが少しは出てくると、それでしばらくは広がっていく。その繰り返しって感じだね。

はっきり言って、この書き方は無駄というかやり直しが多すぎて人には勧められないし、自分でも何度もこのやり方で書きたくはない。……と思うんだけど、いまはもう完全にそのモードに入っちゃったからしょうがない。それを容認したのはぼくなんだけど、そのやり方を要請したのはいま書いてる小説（『未明の闘争』）のほうだから。

──「論理的に考える」のとはまったく違うということなのでしょうか。感性で「なんとなくいい」という判断で進めていくような。

書くというのは、書いたものをその場で読むってことなんだけど、書く前に考える、書きながら感触をさぐる、響きを聴く、イメージの出を見る、つながりと意外性の兼ね合いを考える……とかって、言葉にするともっともらしいんだけど、もっと漠然としたところで、4種類か5種類ぐらいのことを並行してやってるんだよ。ワンセンテンスとかひとつの段落とかを書きながら10回ぐらいは読むことになる。そのときに、脳みその動いているところが狭い感じだったら、それはつまらない。

面白くなると、脳のあちこちが動いて疲れる感じがする。脳の中の論理的思考をする部分とか音を感じる部分とか視覚の部分とかが刺激されるような感じがするんだよね。そういう反応がなくなってくると、あ、止まりだしたなって感じて、ちょっと切り替えて書いていかないとな、というふうな感じ、だけどわからないだろうね。

「猫はどうなる？」という発想

ここ2、3年、ぼくとしては珍しく連載を同時並行でやっていて、「群像」の『未明の闘争』から始めて、次に「ちくま」で『魚は海の中で眠れるが鳥は空の中では眠れない』という本になった「寝言戯言」っていう連載をやっていて、それから「文學界」に『カフカ式練習帳』の連載を始めて、それより前から3カ月に一回「真夜中」って雑誌で「遠い触覚」って連載をやっていて。2010年の前半はそれと並行して、日経新聞で週一のコラムを半年間やったから、このときは本当に忙しかった。

日経のそのコラムは別として、他の全部に共通している裏テーマは、70歳を過ぎて考える持続力と集中力がだいぶ落ちたとしても書きつづけていけるような態勢を模索するというものので、それをいちばんはっきりやったのは、『魚は海の中で眠れるが鳥は空の中では眠れない』だった。

これは何かを思いついたら、一回の連載は最後まで一気に書いてしまうというやり方で書いた。結局二日かかった回もあるんだけど、できるだけ一日で書く。書く前にあまり何を書くかは練らない。そうすると、どうなるのかなって。本当は『未明の闘争』もそういう書き方で行くつもりだったんだけど、途中からやってみたいことがいろいろ出てきて、全然違うことになっちゃったんだけど。

『魚は海の中で』で考えていたのは、本の真ん中くらいに出てくるんだけど、みんな簡単に、自分の仕事とか世の中の作品とかが「歴史に残る」とか、もっと雑に「永遠に残る」なんて言うことがあるけど、それだと何かをした人しか残らないことになってしまう。

ぼくは何かをした人が残るっていうことには関心がない。じゃあ、猫はどうするんだって。名もない人はどうするんだって話でもあるんだけど、ぼくにとってはもっとずっとリアルなのが、「猫はどうするんだ」っていうこと。

だから「永遠だ」とか「歴史に残る」って考え方自体が違うんじゃないか。そういう「残る」とか「名を残したい」って考え方が根本的に間違っていて、それが人間を苦しめているんじゃないかって、いまは考えるようになった。

3・11の地震のとき、ぼくがいたところはまったく停電にならなかったから、NHKで津波が仙台の若林区の平らな土地をゆっくりザーッと流れていくのを30分ぐらい映しているのをずっと見てたの。ぼくは子どものときから津波の夢をよく見るんだけど、津波に対しては何か異様な関心がある。

それで、津波がどんどん奥まで入っていくのを見ながら、「ああ、こうやって消えるんだな。やっぱり消えるんだな」って、自分が最近考えていたことが立証されてゆくような感じがあったんだけど、それでも、人は津波のある場所に生きつづける。「日本人は忘れっぽいからだ」って言う人がいるけど、そういうことじゃないんだと思う。

「男らしさ」で地震に勝てるか

81年に西武百貨店に就職して、生まれて初めてビルの中で一日の長い時間を過ごすことになったとき、ぼくは建物のメンテナンスとかをやる安全管理部っていう部署の人に、「ここで地震があったらどうなるんですか」って聞いたんだよ。そしたら「君は心配性だね。いまの日本の建築は関東大震災を基準にして、その揺れの2倍の揺れが来ても壊れないように設計されているから、ゼッタイ大丈夫」って誇らしげに言われたんだけど、全然ウソだよね。そんなんじゃ、なんにも大丈夫じゃない。2倍って、マグニチュードで言ったら、たったの0・2だよ。マグニチュードは対数で、1上がると32倍。つまり、0・2で2倍、0・4で4倍、0・6で8倍、0・8で16倍。で、1・0で32倍なんだよ。

もちろん、81年当時にぼくもそんなことまでは知らなかったけど、地震がなかった時期だったから、ぼくみたいに〈揺れ→大地震〉という発想をしているやつには冬の時代で、ちょっとの揺れで、「あ、ここにいた場合、どこに逃げればいいんだ」って立ち上がってあたふたしてみせると、「なによ、こんなことで騒いで、男らしくないわね」って（笑）。

でも高校のとき、けっこうよくケンカしてたやつがいて、顔もカッコよくてすけこましだったんだけど、そいつがね、授業中、地震でちょっと揺れたときにパッと机の下に潜ったことがあったんだよ。で、隣のやつが「おまえ、何やってんだ」って言ったら、「おまえ、地震に勝てるのかよ」って。そのとおりだと思うんだよ。潜ったり、どこかに逃げようとしたら、「男らしくねえ」って言うやつがいるけど、「男らしさで地震に勝てるのかよ」って。

「歴史に残す」ことに意味はない

ぼくが中学の頃、って1970年前後だけど、「昔、鎌倉でも津波が江ノ電の線路のところまで来た。江ノ電の長谷《はせ》駅が境目だった」って言われていたんだけど、これも90年代だっ たかそのあたりに大きく覆されて、「大仏殿を流すほどの津波が過去に来ている」と言われるようになった。鎌倉の大仏が建物がない露座《ろざ》の大仏になっているのは津波に流されたからなんだっていう、歴史を調べれば簡単にわかりそうなことがどういうわけかまったくスルーされて、あたかも関東大震災が歴史上最大の地震であったかのように、そればかりが基準になっていた。

江ノ電の線路までだったら、海から50メートルくらいだけど、大仏殿が流されるってことは、鎌倉の西半分はもう壊滅状態になるってことになる。

でも、それでも人はそこに住んでいる。だから繰り返しになるけど、「日本人は忘れやすい」とかって、そういうことじゃなかったんだと思うんだよね。そうじゃなくて、津波が来たら流されるものだと思ってたんじゃないかと思う、ごく一部の人以外は。

そうすると、全部跡形もなくなるでしょう。何かを残しておいても意味がない。

地震なんて全然ないと言われているヨーロッパの人たちは博物館をつくったり美術館をつくったり辞書をつくったり、いろいろなものをまとめて保管しているけど、そういう考え方は、その津波で流されるようなところに住んでいた人たちには本来なかったものなんじゃないか。

津波がたまに来たら逃げる。逃げるときにはもう何も持たずに逃げる。で、記憶も何も流されてしまう。

「そんなところに歴史は残らない」って言われても、「はっ?」て。「あなたたちの歴史とは何だ」と言われたら、「はっ、何それ?」っていう、そういうような感覚だったんじゃないかと思うんだ。

3・11の津波を見ながら、残すとか何とかっていうのはやっぱり意味がないんじゃないかって改めて思った。でも「残すことに意味がある」「残すことが大事だ」っていう考え方は広く行き渡っていて、教育の中でもそういうふうに教わってきて、自分の中にも入ってきているから、そういうものとは戦うしかない。戦うというか、そういう考え方も自然と出てくるわけだから、そういう考え方にも相手をしていかなきゃいけない。

これは何年か前からずっと考えていることだけど、残すとか残さないとかとは関係なく、形のないものが大事で……ってこの「大事」って言い方もこれ自体「残す人」たちのボキャブラリーみたいな感じがするんだけど、ま、とにかく、大事なのは形のないものなんだと思うんだ。

いまの支配的な価値観っていうのは、ふだんわれわれが使っている言葉の隅々にまで入っている。

ミシェル・フーコーがそう言ったかどうかはわからないけど、ぼくはフーコーの言葉はそういうふうに捉えている。だから、何が大事かをうっかり言ったり考えたりすると、「残す」価値観に乗っかって、その価値観のボキャブラリーや概念を使って考えてしまう。これは相当厄介なんだけど。

言葉の流れを「捕獲」する

音楽を「わかる」ってどういうこと？

今日、ここに来る途中に、国立新美術館に寄ってセザンヌ展を見てきた。

セザンヌっていうのはそんなにぼくもわからない……いや、「わかる」とか「理解する」って言葉も傲慢な言葉というか、絵でも音楽でもダンスでも写真でも「わかる」とか「難解だ」とかって言うけど、それはどうかと思う。ダンスなんかとくにそうで、観てて一緒に体を動かしたくなるとか、「今度生まれてきたら絶対ダンサーになる」とか思うことがダンスに出会うことで、言葉で理解して整理しても、面白くないというか、そうすることがすでにダンスを殺してるよね。

中学の頃、ロックを聴くようになってから、「わかる」とか「わからない」とかって言葉をロックとともに自分で仕入れてきたと思うんだけど、そのときも違和感があったんだよね。音楽を「わかる」ってなに？って。

今日セザンヌを見て思ったのは、何が描いてあるとか、どういうアングルだとかって、セザンヌで必ず言われるでしょ。テーブルの上にリンゴが置いてある有名な絵を見て、ここは左上からのアングルで、こっちは右上からのアングルで、ここはアングルで、って。1枚の絵に6つだったか7つだったかのアングルが同時に使われていて、伝統的な遠近法ではそういうことはあり得ない。だからこれはすごく革新的な絵で、どうしたこうしたって。

でも、そうは言っても、けっこう普通に見えるよ。なんか不安定かもしれないけど、不安定であることは見る側の緊張感にもなるわけだから。

そんなこと、どうでもよくて、ぼくは絵を見てたら、この絵を見ながら絵を描いた人の筆の動きとか、体の動きや肩から先の手の動きとかが見えたら面白いだろうなって感じた。そういうことを思ったのは今日が初めてだったから、セザンヌというのは、そういう筆の動きを感じさせる人なのかなと思った。

ただ、同時にエルミタージュ美術館展もやっていて、マティスの有名な「赤い部屋」っていう名前の、真っ赤な壁の部屋に女の人と静物がある絵があって、こっちのほうが全然好きだなとは思ったんだけど。

あと、面白かったのが、前に上野でやったマティス展に行ったときに切り絵のシリーズがあって、鳥がいっぱい飛んでるのね。

それを写真とか遠くで見ると、鳥の形に切ったものなんだなって思うんだけれども、そばで見ると、その切り絵は紙の重ね合わせというか、継ぎ足しながらつくってるんだよね。最初から鳥のその形を切ったわけじゃなくて、何重にも重ね合わせつなぎ合わせしてその形にしていった。あるいは、その形になった。

それと、最近連載を始めたみすず書房の「みすず」って月刊誌にも少し書いたんだけど、小島信夫さんと親しくしていた画商の海上《うながみ》さんっていう人がいて、その人が、「モンドリアンの赤とか青とか黄色とかを白い枠で囲んだ、フレームの画面分割の絵は、いかにもデザイン的なんだけど、そばに寄って見ると、全部何度も何度も色を重ね塗りしている筆使いが見える。のっぺりしていないで、重ね塗りした筆づかいがわかる、そこがデザインと絵の違いなんだ」って言ったことがある。

このマティスの切り絵もそうなんだけど、その形をすぐにつくるんじゃなくて、動きの中から形が出てきたという感じが、ぼくにはすごくリアリティがあった。そう、だから、あの切り絵は紙の重ね合わせつなぎ合わせで筆の動きをやったのかもしれない。

ぼくは『未明の闘争』を書くときは、原稿用紙の手書きだからあんまり直しているとゴチャゴチャしちゃって読みづらくなるっていうのもあるからだけど、ある程度直しが多くなると、紙を変えてまた最初から新しく書き直すってことをやっている。

ジャズの録音とかって何度か通して演奏をして、それでいちばんいいテイクを採用するのが普通だけど、自分の小説の書き方も、テイク1、テイク2みたいな感じでダーッと書いていく。もちろん細かい直しはあるんだけど、あんまり同じところをずっと直していると、細かいことばっかりになっちゃうんだよね。

ワープロなんかだと、このブロックのここはいいんだけど、この途中はここだけ直せばいいとかってことができるから、そういうふうにやりがちなんだけど、原稿用紙で新しく書き直していったやつを見ていると、けっこう変わってる。

「見ていると」になっていたところが「見たら」になっていたり、細かいところでコロコロコロコロ変わっていって、そのうちに全体の流れも変わりだす。そういう「即興演奏感」って言うとちょっと言いすぎなんだけど、とにかく何度も書くっていう手作業の感じがぼくにとってはすごい大事になっている。

自分の中の「約束事」を乗り越える

昔、新潮社から出たカフカ全集に、カフカがいろんな人に書いた手紙が入っていて、手紙によってはわりと要件を伝える普通の手紙もあるんだけど、恋人のミレナとかフェリーツェに宛てた手紙は、もう切れ目がないんだよね。毎日書いている。下手すると仕事中も書いている。

だいたい2段組の見開きで1ページから2ページくらいが1通なんだけど、月曜日に出すと、その日の夜にはもう次の手紙を書いていたりする。相手からの返事なんて金曜頃に来るんだよ。だから「混乱するので手紙に番号を振ることにします」って書いていたり。

なんかとめどなく言葉が流れ出している感じがするんだよね。そのとめどなく流れている言葉をちょっとだけ捕獲したのが、手紙になったり断片の作品になったりするみたいな。

小説というか作品にするというと、もっといろいろ守らなきゃいけない約束事があるような気持ちがしてるんだよ、みんな。だけどそういうカフカの断片を読んでいたらすごく面白くて、それは小説とは限らず、読んだ本の一節が抜き書きしてあったり、日記みたいなものがあったり、アフォリズムが書いてあったりして、読んでいるとそのつどそのつど、カチャッカチャッと気分が切り替わる感じがすごくよくて、こういうのをやりたいなと思った。だけどどうやればいいのだろうかと。

やっぱりみんな気持ちの中の約束事があるから、「こういうものは作品としてそのまま受け入れられないなあ……」と思ったんだよね。そういう気持ちの中の約束事と戦うのがいちばん大変なんだよ。「読む人がそれを認める(受け入れる)かどうか」ということじゃなくて、自分自身が、「面白いんだけど、こういうのって、前例がないからなあ……」って、そこで考えが止まってしまう。

カフカの断片の場合は、死んだ作家のノートだから、出版されて受け入れられた。だからぼくは最初、ある死んだ作家なり、死んだ友人なりのノートを「私」が見つけて、それをそのまま出したという形にパッケージして書こうかと思った。それならみんな、全体をひとつのまとまったフィクションとして受容できる。

だけど、結局とくにそういうパッケージは使わずに断片を並べていく形で『カフカ式練習帳』を書くことにした。でも、その決断をするまでに4年か5年かかった。決断っていっても、いちばん最初に考えた、「カフカが遺したノートと同じにする」ということだけなんだけど、それでいいと思うまでにそれだけかかった。自分の中にある、規範とか常識とか前例とかから外れたら、それはないんじゃないか、という監視みたいなものがあるんだよ。フーコーが言ってた一望監視（パノプティコン）の産物だよね。

「正しく蹴りつづける」しかない

形のはっきりしていないものに接すると、勝手につじつまをつける人がいるんだよね。だからぼくは、どうせ勝手につじつまをつけられるんだったら、こういうバラバラなもののほうがいいと思った。これはわりと最近の気持ちなんだけど、どう書いても誤解はあるから、誤解されるのを前提にどうでも書こうって。

『未明の闘争』も実際どれくらいの人が読むかわからないけど、そういう人があれを読んだら、どういうつじつまをつけるんだろうって。こっちとしては、最初に出てくるイメージとか考えをどこまで遠くに飛ばせるかって感じなんだよね。握ったまま手を振って、パッと放すとどっちに飛ぶかわからない。そんな感じで、とにかくできるだけ遠くに飛ばす。

そういう意味では『カフカ式練習帳』もまったくのバラバラではない。ひとりの人間から出てきたものなんだから、つながりとかを見て、こじつけようと思えばこじつけることも不可能ではない。

そういうのは、ぼくの中では「弱い響き合い」っていうふうに考えている。それと、少しもっともらしい言い分を言うと、ぼくの最近の敵はギリシア悲劇なんだよね。ギリシア悲劇的思考法。因果関係。1つの結果に向かっていろんな出来事が起こる。あんなの全部、結果から言ってるだけじゃないか。だって、現実に出来事の最中にいるときに、それがどんな結果になるかっていう可能性は、3つか4つ必ずある。

サッカーにしたって野球にしたって、同じ当たり方をしてもきちんと飛ぶときと、ちょっとスピンがかかっちゃうときは必ずあるんで、人間にできることは、できるだけ正しく蹴るとか、ミートポイントを外さないようなトレーニングを毎日欠かさないことだけで、ちゃんと振れたからホームランになったなんていうのはそれは当たり前なんだよ。ホームランになるってことはそういうことなんだから。結果から言うっていうのはそういうこと。

これはモンドリアンが何度も同じところを筆でなぞったこととか、マティスが細かく切り絵を貼っていって結果として鳥の形になったとか、そういうこととぼくの中ではつながっている。

ぼくの中では全部同じことで、とにかく手作業をしていくしかないとか、蹴る練習をするしかないとか、振る練習をするしかないとか、そこだけがある。結果なんかわからない。

主体的に夢を見る

「すべてはシンプルに表せる」はウソ

科学者が一般向けに書いた本にはよく、自然とは、世界とは、宇宙とは「必ずシンプルな言葉で表せる」とかって書いてある。アインシュタインの$E=mc^2$がその典型的な例として出されるんだけど、でも、それはひとつの信仰だよ。

いま数学本が流行っていて、そういう本でも、たとえば $e^{i\pi}+1=0$ みたいな式を示して、eというのは何とかという数字で・iは何で、この式ではそうしたすべてをシンプルに表しているなんて書いたりしているけど、これ、もうほとんどウソでしょう。最終的にまとめている形は一見シンプルだけど、実際には一つひとつのことはものすごく複雑なんだから。〈『カラマーゾフの兄弟』――『失われた時を求めて』＝神学〉みたいなもので、形がシンプルというだけで、内実は全然シンプルじゃない。〈シンプル＝真実〉という信仰にこだわってるだけなんじゃないかと思う。

中学・高校の同級生でぼくの哲学の先生でもある樫村晴香っていうのがいるんだけど、その樫村風に言うと「真理は上から与えられる」と。つまり、「この世には世界を語るシンプルな真実がある」という考え方を、人は幼児期に自然と学習してしまう。だからぼくなんかが、ひとつのイメージにまとまらないバラバラなものをそのまま提示したりすると、何をしているのか全然わからないという人が出てくる。

ただ、この「バラバラ」をよしとするやり方というのは、ぼくが考えたわけじゃなくて、カフカと小島信夫がやっていたことだとぼくは思っている。

小島さんはどうもわからないところのある人で――いや、すごいわかってる人なんだけど――ぼくと持っていた言語の体系とか思考の体系が全然違うらしくて、小島さんが言うには、もともと小島さんは最初からイメージがひとつにまとまるようには頭の中ができていなかった。そういうことはあり得ないと思うんだけど、実際にそうできていなかった。

だからすんなり行くべき話も小島さんを経ると全部ゴチャゴチャになるっていう感じがす

る。電気の整流器ってあるじゃない、電気の流れを整えるっていう。小島さんはその逆。乱流器。小島さんを通るとメチャメチャになる。そこがすごい。

「枠」を前提にしている限り面白くならない

『カフカ式練習帳』の成り立ちに話を戻すと、最初は2003年頃に、カフカが遺したノートのような形式のものができないかなって考えたんだよね。でも、まだどうすればできるかは何も考えていなかった。形としてはいいなと思いながらも、まだ形しか考えていなかった。

それから話は飛んで、2008年の秋になるんだけど、ただその間にミシェル・レリスの日記とかいろんな本を読んではいた。ミシェル・レリスの日記にはカフカみたいな小説風の断片はないんだけど、これがまた面白い。一気読みするという感じではなくて、ある程度のところまで来ると飽きるから休むんだけど、しばらくするとまた読んでっていう感じでずっと読みつづけていた。

もともとぼくは本を読み通すっていう気持ちがないんだよね。『カフカ式』の中でぼくはピンチョンの『逆光』について、夜寝る前にずうっと読んでいるって書いていて、これは読み始めて1年半くらいになるんだけど、いまだに読み終わっていない。でも、読む場所にはずっと置いてある。

『カフカ式』には『インカ帝国地誌』とか『コロンブス航海誌』とかいろんなものの抜き書

きがあるけど、あの中で読み通したものはほとんどないんだよね。適当にパラパラ見ていると、いくつか面白そうなところが目に留まるから、そうすると、そこをしばらく読んでいく。アナイス・ニンの『ハウスボート』って小説でも、川で入水自殺をした女性の死体があまりにも美しかったから、みんなが寄ってきてデスマスクを取ったっていう一節がぽつんとあった。そういうのとかカフカの断片を読んだりしていて、こんなに短くても面白いものはあるんだなって思った。

だから小説っていうのは、原稿用紙で10枚はなきゃいけないとか、いくら掌編といったってやっぱり5枚は必要だとか、文字数にして4000字はなきゃ小説じゃないなんて、そういうものじゃない。

小説を読んでも、ストーリーだけを記憶しているんじゃなくて、ところどころ折り目をつけたページのこの1シーンだけが面白かったとか、そこだけ忘れられないとかってことがあるでしょう。ひとつの小説も、読み終わったときにはバラバラになって、いろんな記憶の引き出しに収まっていくものなんだよ。だったら、もともとバラバラになっていてもいいじゃない。

『カフカ式』みたいな形式の本だと必ず、真面目というのか従順というのか、「これは断片なのか？　長編なのか？」って戸惑う人がいるんだけど、いいじゃん、どっちだって。前から読まなくたって、途中から読んだっていいし、いちいちそんなことを気にする必要なんてない。

だいたい新聞の1面にある論説委員のコラムなんて、毎回同じ長さで収めるようになってるけど、何を言っても面白くない。そうやって「枠」にきちっと収めようとか、「小説なんだからストーリーを書こう」とかってやり方で書いていたら、何を書いても面白くなんかならない。

何が「きっかけ」になったか?

2003年にカフカのノートのようなものができないかなってことを考えて、だけど刺激になるような本をいろいろと読んでいただけで、ようやく2008年の11月になって、高橋悠治さんのちっちゃい、50人ぐらいしかお客さんが入らない、ピアノソロのコンサートに行った。

高橋さんはシューベルトを中心に弾いたんだったと思うけど、そのときに、横の譜めくりの人がうっかり楽譜をめくり忘れて、高橋さんが慌てた手つきでめくったっていうことがあった。

ぼくはそもそも高橋さんが暗譜していないことに驚いて、あとで高橋さんに「譜面、覚えてないんですか」って聞いたんだけど、そしたら高橋さんは「いや、見ながら弾くんだ」って。いまは暗譜して弾くのが当たり前になっているけど、ピアニストはもともとは自分で楽譜をめくりながら弾いていたものなんだって。

本当に優れた奏者は自分が弾いているところの何小節か先を目で確認しながら弾いている、って。本の朗読みたいな感じだよね。中学のときに国語の先生が、教科書をつっかえつっかえ読んでるやつに、「おまえ、読んでる行を目で追ってるだろう。声に出して読めって言われたら、2、3行先を目で確認しながら読むもんなんだぞ」って言って「私なんか3ページ先を読んでるぞ」って。これを言ったら子どもは必ずウケるんだけど（笑）。

それはともかく、高橋さんのコンサートでそういうところを見て、その譜面をめくり忘れた譜めくりのことを書いてみた。それが『カフカ式』に出てくる断片の中でも、いちばん最初に書いたものなんだ。

猫のペチャが死んだのが2009年の8月だから、それは死ぬ10カ月くらい前だった。まだそのときは、ぼくはペチャも歳は取ったけど死ぬとは思っていなかった。でも歳を取ってくると不安になるみたいで、夜中や明け方、ぼくのことを起こしにくる。だからひどいとき、ぼくは昼の1時くらいまで起きれなかった。だいたいいつも夜の2時頃に寝ていたんだけど、早いと朝4時頃に1回起こされる。ぼくが起きると、そのペチャとジジって猫がふたりで必ずご飯をちょっと食べる。ハナちゃんっていうのもついでに食べる。

食べさせた後は食べたのを吐かないかって確認しなきゃいけないから、食べてから30分くらいの間、ぼくはリビングのテーブルに腰かけてぼんやり猫を見ていただけだったんだけど、そんなときに断片を書くことにしたら、けっこう書けた。夢うつつって言葉があるけど、起きたばかりだから本当に眠りの延長みたいな感じで、少し主体的に夢を見るような気分で書いていった。

小さいノートに一編2ページとか4ページくらいの長さで書いていって、何日か経って読んでみるとけっこう面白いから、これは続けていけるかなって思った。それで人にも見せたら「面白いんじゃない?」って感触だった。

自分の書いたものって、やっぱり自分ではわからないところがあるんだよね。

スポーツ選手やダンサーだったら、ビデオで見れば視点が変わるから発見になるだろうし、音楽の録音も演奏者は一応は外から聞くことになるわけだけど、自分で書いたものを読むのはちょっと違う。

何を書いたかはだいたい覚えていて、3行先とかに何が書いてあるかもわかって読むわけだから、ビデオを見るほどには冷静になれない。……いや、ついそういうふうな言い方になっちゃうんだけど、必ずしも「冷静」とか「客観的」なんていうのがいいとも思ってはいないんだけど。

ただ、少なくとも初めて読む人のようには読めない。

だから、やっぱり人に見せないとわからなくて、見せて感触があったから、それである程度心がけて書いていくようになったんだ。

第9講　それは「中2の論理」ではないか？

体全体で考える

なぜベイスターズが勝つことが日本人にとって大事か？

ぼくは今年、横浜ＤｅＮＡベイスターズが上位に行くことは、日本人のメンタリティにとって本当に大事なことだと思ってるんだよね。

横浜が上位に行けば、中畑監督が評判になる。リーダーというのは冷静に部下の能力を判断するタイプ、客観的で減点思考のタイプがいいって思われているけど、中畑が評判になれば、みんなの先頭を切って旗振りするような人がいいんだってことになる。リーダーってラテン系がいいんだって。

――「中畑監督になる」って決まったとき、私のまわりだと「がっかり」っていうリアクションの横浜ファンも多かったのですが。

それはわかってないね（笑）。

中畑監督は年末に監督に決まったとき、すぐにどこかのテレビに出てきて、インタビューを受けたんだよ。「横浜の改善点」ってテーマだったんだけど、キャスターの人が「打率がセリーグ６球団中５位、本塁打５位、防御率ビリ、機動力ビリ……」って、バーッと数字を出したらさ、中畑は「そりゃね、4年連続最下位の球団に向かって、ここが悪い、あそこが悪いって、当たり前ですよ。よかったら4年連続最下位になんてならないんだから。これからやるんですよ、これから！」って（笑）。

尾花監督とか冷静な指揮官みたいなタイプはきっとダメなんだよ。選手ったって、本なんか生まれてから一冊も読んだことがない、野球ばっかりやってきた20代の人たちなんだから、そういう人たちに理屈を言ったって通じないよ。だから中畑はキャンプでもみんなを集めたときに、選手が「おはようございます……」って普通に言ったらさ、「ちがうっ、『おはようございます！』そこから始めろ！」って。これがいいんだよ。

——これまで「名監督」と言われている人のイメージとはだいぶ違いますね。

そりゃ、なんで中畑が監督になったかっていうと謎はいっぱいあるよ。もちろん巨人出身じゃなきゃ監督にならなかっただろうし。でも2004年のアテネオリンピックのとき、長嶋監督が倒れてからは、代役で全日本の監督をやってるんだよ。もともと長嶋監督の下で全日本のヘッドコーチだったから。

つまり、長嶋は中畑を指名したわけだよね。

中畑はそれっきりコーチも監督もやってないんだけど、とにかく長嶋が指名するほどの何かはあった。……と信じたい（笑）。監督としての力量があると思わせる何かがあるんじゃないかと。

「その範囲でだけ論理的」という落とし穴

で、これ、「文學界」（2012年4月号）に載った磯﨑憲一郎の「アメリカ」って小説なんだけど、ちょっと読むね。

「車が動かないのでエアコンの効きも悪い、湿気を含んだ生ぬるい空気と糞尿めいた臭いが車中を満たす、しかし窓を開けたところで外の気温は華氏百度を超えている筈だ、なんと言ったってここは二十世紀になるまで人間など立ち入ったことのなかったアリゾナ砂漠のど真ん中なのだ！　このダムの工事で百二十二人もの労働者が熱射病で死んでいる、そんな悲劇が起こったというのにそれから五十年経って我々人間に与えられたのはよりによってコンピュータなのだ！」

これって「バカか」って言う人と共感する人に分かれるんだよ。「よりによってコンピュータなのだ！」って理屈になってないじゃん。だけどこれって共感的な文章だよね。共感獲得的というか、共感生産的というか。

こういうのを読んで「バカか」って言う人たちって昔からいたにはいたんだろうけど、表には出てこなかった。でもいまはネットがあって、こういうのを取り上げて「すごいバカだ」とか書きまくるようなスレッドがあるじゃない。

一度、ぼくもあったんだよ。『書きあぐねている人のための小説入門』って本の印税を、ぼくが話した内容をまとめてくれたフリー編集者してる友だちと2対1で分けたって話をしたらさ、ある編集者が「3分の2は割り切れないからややこしいですよね」って言ったんだけど、でもあの本は1500円だからさ、困んないんだよ（笑）。割り切れるから簡単に計算できる。

それで3等分ならまだいいんだけど、「7等分」とかって聞くと、反射的にエッと思わない？　それはイヤだなってパッと思うじゃない。とりあえずいちばん手近なところでイヤな分け方って7等分かなと思うんだけど。

でも、1500円の3等分が簡単なのと同じで、7等分する対象が7の倍数なら何も困らないよね。

たとえばある人が「うちは7人きょうだいだから、いつも何でも7等分してた」って言ったら「エーッ」て思うけど、お母さんがいつも7の倍数だけ物を買ってくれれば何の問題もない。リンゴを7つとか、ミカンを14個買ってくるとか、そういうふうだったら7等分だって困らないわけでしょう。

って、そんなようなことを自分のホームページに書いたの。そしたら2ちゃんねるで、「保坂和志はバカなんじゃないか」って（笑）。「7の倍数なら7で割り切れるに決まってるじゃないか」みたいなことをすかさず書いたやつがいたわけ。

そりゃバカだよ。そこだけ取ったらすごいバカバカしいことを言ってるよ。ただ、みんな

10進法が普通で、10を基準にしてものを考えたりしているわけだから、7等分って聞いたときに「エッ、やだな」って思うところがあるわけだよね。

そこまで言っていなければ、「7の倍数が簡単に7等分できるこの不思議」（笑）みたいな部分だけ取っていくらでも揚げ足取りができる。

「論理的な考え」って、そういうものじゃないかと思うんだよね。この「バカか」って言った人は、そこだけでは論理的なんだよ。でもそれはここからここまでっていう限定された範囲で論理的なだけで、その外まで行ったら本当に論理的なのかって話になる。で、この磯崎憲一郎の「そんな悲劇が起こったというのにそれから五十年経って我々人間に与えられたのはよりによってコンピュータなのだ！」だよ。ダムの工事とコンピュータなんて、関係ないって言えば全然関係ないよ。でも、関係あるって言ったら、これほど関係あることもない。もろにつながっている。原発をめぐる議論なんてまさしくそういうものでしょう。

論理を突きつめても意味がない

そういうことをぼくが考えるようになった最初って、エコロジー問題じゃないかと思う。エコロジーって、相手が地球とか自然だから考えるべき範囲がどこまでも広がっていくんだよ。「こうしたほうが環境にやさしい」ってことを人間の理屈で考えて、それが部分としては整合性があっても、自然の中でそれを20年とか30年とかやっていくと綻《ほころ》びが出てきたりする。Ａを守ろうということでやっていたことによって、じつはＸＹＺが滅んでいたとか。

自然というもののそういう言い尽くしがたさに接すると、われわれがやっていることは前提からおかしいいんじゃないかってことに思い当たる。たとえば近代社会が、人をよくしよう、社会をよくしようっていう理想や何らかの意志によって初期設定されたと考えると、何百年だか時間が過ぎていくうちにいまみたいな社会になってしまったけれど、本当は誰もこういうものを望んでいたわけではなかったんじゃないか。

いまの世界のごく一部の人たち、いまの社会のおかげで利益を得ている人たちだけは、「まあ、いいんじゃないの」みたいな言い方をするだろうけど、でも、積極的には誰も肯定しないような社会になっている。そういう社会に「異」を唱える、「論」とまではいかなくて「否《いな》」とまでは言わないけど、気持ちの中でみんながぶつぶつと「異」を唱える、そういうときの理屈って、この磯崎憲一郎の文章みたいな理屈だと思うんだよ。そこに共感するかどうか。

これに「バカじゃないの」と言っている人たちは、一見論理的にできているいまの社会には勝てない。一見論理的にできているものに対抗するのに必要なのは、それ以上の論理じゃなくて感情なんだよ。

相手以上の精密な論理をつくりあげれば勝てるんじゃないかって考えるのが普通なんだろうけど、それは果てもないことだから。普通の人がそんなことまで考える必要なんてない。

向こうの論理は、それは緻密に組み立てた人たちがいるわけだから、そこに論理で切り込んでいっても、結局負かされちゃうと思う。

だからそこは直感だよね。論理的には根拠がないように見えても、本当は感情のほうが根拠があるんだよ。

「賢い中学生」式の考え方

養老孟司さんがよく言っていることなんだけど、人間っていうのは体全体で生きて、体全体で考えている。脳は呼吸とか心臓の鼓動とか瞬きとかを調節する自律神経も全部司っているわけで、意識というのは脳の一部に過ぎない。人がものを考えたり判断を下したりするときに、その脳のごく一部である意識の部分しか使わないというのはおかしい、そんなものはあてにならないって。これはすごく正しいと思うんだよ。

——そう言われても、判断なのだから意識でしかできないようにも思うのですが。

それはいま、こういう閉じた空間の中にいるからそう思うだけだよ。やりたくない仕事をさせられて胃潰瘍《いかいよう》になるとかうつになるとかって、それは判断じゃないの？　体が「やりたくない」っていう判断をしてるんだよ。

だからいまここで、「それを思っているのも意識の範囲ですよね」みたいなことを考えるのは「論理の側」にハメられてるんだよ。

だいぶ前に感じたことだけど、「この言い方ってきっと中学2年生でもできるな」って思ったときはだいたいダメなんだと思うんだよね。中学2年っていうのは、論理性の回路がもう十分にできあがっている年代って意味だけど、ぼくのまわりにもこいつには理屈では勝てないなってやつがいっぱいいたよ。そういう頭のいい中学生が理屈を言い出すと、大人でもだいたい勝てない。うちの親父もぼくが高1になるぐらいのときには、「もうあいつには理屈では勝てない」って親戚にぼやいていたらしいんだけど、理屈ってのはその程度のものなんだよ。

理屈とか論理っていうのはかなり鋭い刃物で、中学とか高校の初め頃は、そういう「武器」を手にしたって感じになるんだけど、それを一生振り回しているようなやつらがいるんだよ。

あきらめずに動きつづける

野田首相と1学年違いの政治学科

野田首相ってさ、ぼくの1学年下で、同じ早稲田の政治経済学部政治学科出身なんだけど、その当時を思い出せば、あの雰囲気の中で政治家になりたいなんて思ったやつっていうのは、一言で「バカ」なんだよ。愛せない意味で、頭が悪い。

ぼくは75年入学で、76年に野田首相になる子どもが入学したわけだけど、70年までは安保闘争があって、60年代の政治の季節を知っている人の話を聞いているとさ、これが同じ国のことかと思うよね。南米かアフリカ、みたいな。それほど混沌とした時代があって、その時代を知っている人たちは70年代に入って連合赤軍の事件で本当に絶望した。自分たちの夢や支えにしていたものがこういう形で破綻《はたん》してしまうとは……って。

大江健三郎は全共闘世代よりだいぶ上だけど、『洪水はわが魂に及び』は連合赤軍の浅間山荘事件が前提にある。ところがさあ、これが笑っちゃうというか、謎なんだけど、ぼくは浅間山荘事件の実況中継を全然覚えてないの（笑）。そのときぼくは中学3年で、日本中が事件を実況中継しているテレビにかじりついていたのに、ほとんど覚えてないんだよね。

事件があったのって72年の2月なんだけど、このあいだ聞いた話だと、札幌オリンピックで盛り上がっている間に突入すると国民が注目しないから、警察はオリンピックの話題が落ち着くまで突入を待ったっていうんだよ。

それですごくピンと来るのは、ぼくは札幌オリンピックのフィギュアスケート銅メダルのジャネット・リンが大好きで、そっちのことしか考えていなかったにちがいない（笑）。終わっても1カ月ぐらいはほとぼりが冷めないから。ジャネット・リンとロックのことしか考えていなかった。って、そんなぼくのような人間でももろに左翼だった。ここ、すごく大事なんだけど、ある年齢より下の日本人はあの頃、全員が左翼で、全員が反体制だった。その中で、右翼だったらまだしも、役人になりたいとか、大企業に入りたいとか、あり得ない。ロックがわからない若者、とか。映画を観に行かないで、ＮＨＫの日曜の大河ドラマだけを楽しみにしてるような、そういう感じだよね。

そうやって、政治の季節が終わった75年にぼくは早稲田に入るんだけど、キャンパスは――本当に月並みな表現だけど――夏が終わって海の家も畳んで何もなくなった砂浜のような、そんな雰囲気だったよね。そんな中でぼくは授業に出はじめてすぐ、「なんだ、政治学科って革命を起こすための授業なんてないんだ」って思ったの（笑）。それでもう行かなくなっちゃった。

つまり、政治のほつれとか理想について考えられるようなものではなくて、現状の記述だけみたいな授業だった。これを聞いていたら、地方の役人として出世する方法ぐらいならわかるんだろうなって感じ。そういう、人生に何も疑問を持たせないような。だから、こんなところにいてもダメだなって。

70年代に政治家を志すということ

あんまり説得力ないかもしれないけど、たとえばロックでもちゃんとしたロックとクソみたいなロックがあるよね。それでクソみたいなものを聴いて、自分はロックを聴いてると思うっていうのはバカでしょう。「こんなところでいい成績取ってどうするの？」っていうような授業で「優」を取っちゃうようなやつってバカじゃない？

学校はバカとは言わないだろうけど、自然な感覚としてはやっぱりそういうのはバカだよ。だけど政経って言ったらさ、とくに理想があるわけじゃなく、たんに偏差値が高いから入ってくるようなやつがいっぱいいるわけ。自分の成績がいいことが恥ずかしくもなんともないっていうようなやつ。でも、偏差値が高いのが自慢なんだったら、東大ぐらい行けよ、って。東大にも行けないで早稲田ぐらいで成績を自慢してってもどうしようもない。野田はそういうところで真面目にいい成績を取ってたやつなんだよ。

「そうは言っても、彼は高い志を持っていた」と言う人もいるかもしれないけど、あのとき政治家になるということは本当に絶望的なことだった。役人になって社会をよくするとか、政治家になって社会をよくするということは考えられないような国になっていた。役人ならまだしも「将来安定」みたいな打算があるのかなって思うけど、それすらないわけだから。

野田は大学を出てからは松下政経塾に入ったっていうけど、そういうところに行くこと自体怪しい。ＥＳＳに入るみたいなもんだよ。

――保坂さんが学生だった頃から松下政経塾は有名だったんですか？

だった頃からじゃなくて、その頃に突如できた。野田をちょっとウィキで調べてよ。

――（聞き手、調べる）

ほら、第一期生だ。日本の政治の弱体化を憂えて松下幸之助がつくったの。新しい政治家を育てよう、日本の政治を変えよう……って、ま、関心ないからね。関心がないからとくに感想も何もないんだけど。将来の政界、財界で横のつながりをつくっていこうとか、そういう発想。ＥＳＳだって全国大会とかあるじゃない。都内の大学の横のつながりをつくったりとか。ぼくはとくにそういう組織化されたものが嫌いなんだよ。

いまの政治家の考え方、これからの人の考え方

あの頃は70年になって政治の季節が終わり、お祭り気分的な「期待」はまるで消え失せていた。だから当時の若い世代の人たち、全共闘の後の世代っていうのは、無気力・無関心・無責任の三無世代なんて言われたんだよね。しらけ世代とか。そういう中で松下政経塾に行こうとかって、なんか違う、っていうか全然違うんだよね。

あの時代、70年代後半から80年代前半の大学生はなかなか立ち上がれなかった。何かを感じるっていうことが、立ち上がれなくなる、動けなくなることだった。せめて地道に政治とか経済のシステムを研究するとかだったらわかる。遠回りで行かざるを得ないけど、どうにかしようって。

だから統辞法というか文の構造、文の成り立ち自体にフーコーの言う「監視」が働いているんじゃないかってことを考えるようになったり。あのとき昔で言う「左翼」でありつづけるというのは、フーコーを読んだりするようなことでしかなかった。

もっと関心が社会に向いてて、あとバイタリティがある人だと、いまのNGOとかNPOに結びつくような運動に向かったのかもしれない。ぼくは全然知らなかったけど。アムネスティ・インターナショナルはもうあったんだよね。ぼくはアムネスティも健康的な感じがしてどこかイヤだったんだけど、それでも政治家になろうなんて思うよりはよほどいい。

政治家になるなんて、完全な階層社会に入っていくわけでしょう。いまの政治家って、前原とか枝野とかは若手って言われるけど、その「若い」ってことが、それによって少し人に期待を持たせるってことでしかなくて、まったく異質ではない。

それに対して、貧困問題に取り組んでいて、民主党政権にも一時入った湯浅誠なんかは完全に異質だよね。

湯浅さん以前の人たちは、湯浅さんがしてきた草の根的な活動も政治の中心に行くための通路のひとつだと思ってきたと思うんだよね。湯浅さんは鳩山政権に呼ばれて政府に入って年越し派遣村をつくったりしたけど、前の世代の人たちなら、そういう活動についても、自分は役人でもなく選挙でもなく、別のルートを開いてバイパスから政治の中枢に入っていったみたいなことを思ったにちがいない。だけど湯浅さんは、ここでは何も変えられないとわかった時点で政府から出ていった。

「国を解体する」という発想

野田とか前原とか、いまの50代ぐらいの政治家って、すぐに「幕末だ」「坂本龍馬だ」って言うでしょ。あれがそもそも彼らにヴィジョンがないことを証明している。

というか、野田には何もない。大飯《おおい》原発の再稼働で「私が責任を取る」って言ったけど、原発の事故は首相ぐらいで責任が取れる話じゃない。あの一言で、野田は「責任」という言葉の意味がわかっていないということも証明した。とにかく、彼は徹底して言葉が空疎。概念が空疎。存在自体が空疎。口調がなまじ明瞭なところがなお、空疎さを倍化させる。だって、口ごもらずに言えるようなことじゃないじゃない。「あなたはどうして、そんな大事なことをすらすら発話できるのか?」という。

ああいう人間が発言しているだけで、若者から希望を奪う。すべてが無意味の沼に吸い込まれるみたいな、ものすごい無力感をみんなに与える。〈日本が求めつづけた政治家の最終形〉なのかもしれない。しかしこれは冗談にもならないね。

幕末にやったのは国をつくるということだよね。その考え方をいま持ってくるのがおかしい。いまの政治家は社会のあり方は国しかないと思ってるんだよ。だから安心している、とも言える。湯浅誠とかNGO、NPOの人たちはそうじゃなくて、国を解体するような考え方をしているんだよ。

――国が解体したほうがいいんですか？

たとえば国が税金を集めるよね。で、ロシアとか中国とか、ギリシアもそうだけど、行政が腐敗しているところは露骨に汚職して、それをかすめとる人たちがいるわけだけど、日本はもうちょっとシステマチックにカネをかすめとってるよね。それで渡るべきところに渡らないで消えてっちゃう。だから国家権力でない、別の仕組みをきっちりとつくっていかないといけないんだよ。

湯浅さんが政府に入って派遣村の活動をしたときだって、役所が本当に動かなかったっていうんだよね。告知すらしなかったから年末になっても利用申し込みもほとんどないような状態で、期限ギリギリで鳩山首相にインターネットでメッセージを出させて、ようやく情報が広がって役所も少し動くようになったってNHKスペシャルでやってたよ。テレビで言える範囲でそれだけのことなんだから、実際のところは本当にひどかったってことだろう。

それで湯浅さんは「やっぱりこの人たちではダメだ」ってことでさっさと辞表を出した。そうすることによって、同じような活動をしている人たちに「こいつらじゃダメだ」ってメッセージも発したんだと思う。

つまり湯浅誠は「こいつらじゃダメだ」と失望したんじゃなくて、見切りをつけた。失望なんてしてない。たとえばここでぼくが、「そこで湯浅誠は日本の官僚システムや政治に失望して、また元の活動に戻った」って言うと、ある策略にハマるんだよ。そうじゃなくて、見切りをつけて追ん出ていった。もう砂かけて出ていった。そういうふうに言わないと、言葉ひとつで受ける印象が変わってしまう。失望したのなら、あまり元気ないでしょう？　でも見切りをつけた人は「そんなもの関係ない」って、何も傷ついてない感じがするじゃない。「いやぁ、時間の無駄だったな」みたいな。振ったか振られたかの違いだよ。

政治家って、岸信介とか佐藤栄作みたいな超大物の悪いやつの次に、田中角栄、福田赳夫、中曽根康弘あたりまでが世襲じゃない政治家で、そこからあとはずうっと世襲で、――って、日本政治を知らない人が聞いたら「は？　世襲？　なんですか、それ？」って言うだろうけど――そのあいだずっと空白が続いているわけだけど、40代前半のこの湯浅さんの世代には期待が持てるかもしれないと思う。それまでは我慢の時代なんだけど、希望をつなぐために、デモをやったり、署名をやったり、折りに触れて悪口言ったりとかっていうことをあきらめずにしつづけなきゃいけない。湯浅誠の世代になってもダメなのかもしれないけど、とにかくあきらめずに何かやりつづけるしかない。あきらめて黙っちゃったら本当に終わりだから。

今日も官邸前で原発反対デモをやっている。それを無視して、新聞記者の質問にも「真摯に受け止める」みたいなことしか答えない野田のあの顔は、誰かにマインドコントロールされているように見えないか！

「やる側」の言葉で語る

記録できない「グリグリの使い方」

突然だけど、スラムの話をします。

スラムというのは犯罪の巣窟であり病気の巣窟であり貧困の巣窟であり、いいことはひとつもないって言われている。だから外から見れば、スラムの立て直しをしようとか、スラムをなくそうという話になる。そうすれば犯罪だって伝染病だって減っていいことずくめだ、と。

もともとは日本にもスラムってあちこちにあったんだよ。貧民街と言われるところが各都市にあった。そういうところには定職を持たない人たち、あるいは差別された職業の人たちが集まっている。『あしたのジョー』だってそういう一郭の出身で、川で隔てられたその一郭に入る「泪橋《なみだばし》」っていうのは「人生にやぶれて流れてきた人間がなみだを流しながら渡る橋だ」って言葉が中で出てくる。

このスラムの中では満足な教育も受けられないから、外の世界に通じるような「スラムの中の論理」というものは語られることがない。論理というか、実感、感触みたいなものは表に出てこない。

ちょっと遠回しになるんだけど、ミシェル・レリスの『幻のアフリカ』（平凡社ライブラリー）に、フランスの民族学調査団がアフリカにお祈りの仕方とかを調査しにきたことが書かれていて、ぼくも『小説、世界の奏でる音楽』（新潮社・中公文庫）の中で詳しく書いたんだけど、調査団の一員であるレリスは、お祈りに使うグリグリっていう道具を売りに来た男に、そのグリグリを使うときに唱える呪文を言わせようとするんだよね、記録するために。だけどその男は繰り返させるたびに違うことを言ってレリスはイライラしてくる。

現代人は「お祈りをしてみて」って言われたら、「仏教ではこうします」とか「神社では二礼二拍手一礼します」って感じでやってみせるじゃない。それが現代人にとっては当たり前だけど、フランスの調査団が行った当時の現地の人たちにとっては形だけのお祈りなんてあり得なかったんじゃないかと思う。祈る動機がないのにお祈りすることなんてできなかった。これにスラムと外の世界との関係に似たものを見た思いがするんだよ。

「カネはあるが払わない」という理屈

スラムの中の実感を語る人たちが現れたとしても、それはスラムから出た人たちなんだよね。だけどスラムから出るっていうことはスラムの外の論理を身につけるってことだから、そういう人たちがスラムについて何かを語っても、それはもうスラムの言葉じゃない。大人が子ども時代のことを語っても、それは大人の言葉でしかないってのと同じようなことで。

ない。その前提で考えなきゃいけない。だからスラムの中にいることのよさや幸せとか充実感とか、そういうものは語られないんだよ。

――表現しようがないということでしょうか？

そういうものがあるかないかすらわからない。でも、ないわけはないんだよ。本当にスラムにいるのがイヤだったら、そりゃ出ていくでしょう。だからよさはある。みんながみんな出られないから出ないわけじゃない。「出ないのは出られないからだ」っていうのは、完全に外の言葉だよ。

社会学者の酒井隆史が書いた『通天閣』（青土社）って本がすごく面白いんだけど、それを読んで、われわれはスラムの外の論理でしかスラムを語っていないってことをはっきりと思った。

その『通天閣』って、大阪の通天閣のまわりの歴史とかその一帯にいた人物を追った評伝の要素もある本で、資料的にも面白いし、ある面では小説のようにも面白い。通天閣の下はかつて大スラム地帯だったんだけど、『通天閣』の第4章がとくにスラムのことを語っていて、貧民のために「借家人同盟《しゃっかにん》」というものを主宰したアナーキストの逸見《へんみ》直造《なおぞう》のことを書いてるんだけど、その書き方がすごく明るい。その本の中でも、アナーキストと共産主義者は別もので、共産主義者は暗く抑圧的だけれどアナーキストにはラテン系的な明るさがあった、ということを書いているんだけど、書く対象の明るさに引っ張られるようにして書き方まで明るくアナーキーになっている。その書き方の明るさによって、「ああ、アナーキストって明るかったんだ」っていうことが、理屈じゃなくて音楽的にこっちに伝わってくる。音楽的っていうのは「小説的」ということと同じ意味だと思えばいい。

その逸見直造が展開した主張が、「カネはあるが家賃は払わない」（笑）。それまでの理屈だと、「カネがないから家賃は払えない」か「カネがあるから家賃を払う」のどっちかしかなかったんだけど、逸見直造は「カネはあるが払わない」と主張して悪徳家主たちと戦った。これは一見無茶な理屈に聞こえるんだけど、つまりは「カネはあるけど、おまえらに払うカネじゃない」ってことなんだよね。

これって暴論のように見えてけっこう正しいんだよ。スラムの人たちも貨幣経済の中に生きているんだから、何らかの仕事はしている。だけど本当にきつい肉体労働とか危険だったり汚かったりする仕事とか、そういうことになっちゃうんだよね。つまりみんながやらない仕事。その仕事の賃金自体が搾取されているんだよ。でしょう？

「きつくて、汚くて、危険な仕事だからみんながやりたがらない。だから賃金が安い（他の仕事に就けない人たちにさせればいい）」というのは需要と供給の理屈でいえばそういうことなんだけど、その理屈自体がそもそも資本主義のもので、「みんながやりたがらない、きつい、汚い、危険な仕事なんだから高い賃金を払うべきだ」という理屈だってあっておかしくない。

反対に政治家なんかやりたい人同士で競う、つまり選挙するくらいやりたい仕事なんだから給料なんか安くていい。

その搾取された分が大家側に行っている。返してほしいくらい行っているわけ。大家だって、大家になるほど彼らはすでにカネを持っている。それに、大家はそんなちょっとした家賃で食っているわけでもない。そこにさえ目をつければもう、「払う必要ない」って言えるんだよ。

小説家は自作を語る言葉を持っていない

それが入り口になってスラムの中の論理ってことを考えたんだけど、これは「当事者は言葉を持っていない」ってことなんだよね。なぜこれにこだわるのかというと、ひとつには、小説家も言葉を持っていないってことがある。

昔からそうなんだけど、現状において小説のいい悪いを決めているのは評論家の言葉なんだよ。小説家も人の小説を語るときには評論家の言葉で語る。やっぱり語るときにこれまでのオーソドックスな言い方とかがあるから、それに乗っかっちゃう。

テンプレートって言うといまどきはわかりやすいかな。小説を語るのに形式が前もってあって、それに当てはめていってテーマとか意味を語ろうとしてしまう。

文学賞の選考委員には作家が多いけど、そういう人たちが作品を語るときも、やっぱり評論家になってしまう。小島信夫さんにもそういう話をしたことがあるんだけど、そしたら小島さんは、「評論家になってしまうんじゃない、選考委員になってしまうんだ」って（笑）。「選考委員になると、どうしてこんな小説を選ぶのかと思うようなものを選ぶ。評論家でもない、実作者でもない、もちろん読者でもない、つまりは選考委員としか言いようのないものになってしまう」って、小島さんらしい。こういう言い方は小島さんしかしない。

「小説家は自分の作品を語る言葉を持っていない」っていうのは外の人にとっては意外なことかもしれないけど、小説家はよくわかると思うよ。そこにうなずくと思う。

──自作を語るときに自分でも違和感を覚えるような部分があるのでしょうか？

違和感は慣れればあんまり感じなくなる。ぼくも『カフカ式練習帳』について、「断片にしたことの意図とは？」とか「『練習帳』であることの意味とは？」なんて聞かれると、面倒くさくなってつい相手に合わせて答えるじゃない。でも、そんな意図とか意味なんてないんだよ。

昨日、ネットの「偽日記」を見たら、ちょうど古谷（利裕）君が『カフカ式』のことを書いてたんだけど、何もそういうことは書いてないんだよね。本当に純粋に中を読んだだけのことを書いている。夾雑物《きょうざつぶつ》なしに語れば、ああいうふうになる。

磯崎憲一郎とも、そういうことはなしに話ができる。「あそこ面白かったですよね」とか「胸に刺さりますよね、ああいう話」みたいにさ。断片であることとか「練習帳」と命名しているこことかに引っかかったりはしない。ぼくはいちいち「練習帳として書くぞ」みたいに思ってるわけじゃないんだから、小説のことを語るときはその自分が書いている時間にいちばん近づけて語りたい。そうやってお互いの実感の中で喋れるのがいちばん幸せなんだよ。そういうことをいちばん感じるのはやっぱりカフカなんだけど、カフカのことを語るときには書く側の言葉で語らないと、どうしても「現代人の不安を投影している」「社会の不安が表現されている」みたいな言い方になっちゃうわけ。でも、カフカってそういう「止まったもの」じゃないんだよ。もっと動きつづけるものだから、それは書く側の視点でちゃんと語らないといけない。

演奏家もそうだし、ダンサーもそうだし、役者もそうだし、みんなそう。やる側の言葉で語る。

だけどそうすると外の人たちは、「読む人は書かないんだから、書く人の側のことだけを言われてもしょうがない」って言うかもしれない。「そんなの、やらない人には関係がないじゃないか」って。だけど、これまでそんなことがなかったわけだよ、ドストエフスキーにせよプルーストにせよ、それが書く側の言葉で語られるということが。

そしてやる側の言葉で語ったほうが、外の人にとっても、もっと面白いものができる、絶対にもっと面白くなる。そういう確信だけはあるんだよ。

第10講　飲み込みがたいものを飲み込む

解釈せずに「覚える」ように読む

学問は「頭」でするものではない

4月に京都のレコード屋さんと池袋のジュンク堂、5月に神保町の東京堂とインターネットのDOMMUNE（ドミューン）という番組、それから6月に札幌のスタジオと、立て続けに人前で喋ってきたんだけど、そうすると話がだんだんダブッてくるんだよね。

自分でも今日は何を話そうかと考えていて、そんなに何度も話していたら、違うことなんか喋れないなと思ったんだけど、でもよく考えたら、コンサートとかって同じ曲をやるじゃない。落語家だって同じ話をする。

つまり、そのつど話すことが大事なのかなって。

そういうことを考えているときに、岡潔《きよし》という人の『春宵十話』（光文社文庫）というエッセイ集を読んでいたんだけど、これがすごく面白い。

岡潔は1901年生まれで78年に亡くなった数学者。『春宵十話』を読んでいたら、もっと岡潔のことを知りたくなって岩波新書の『岡潔――数学の詩人』という評伝を読んでみたんだけど、こっちは面白くなかった。

評伝のほうにはまず業績のことが書かれていて、他にはたとえば岡潔は朝早くから峠の上でお日さまを見ていて、朝、野良仕事に出かけていく人がその姿を見て、夕方、帰ってくるときにまだ同じ場所に同じ姿勢でいたとか、それで近所の子どもたちに「きちがい博士」と呼ばれていた、みたいなエピソードが書かれているんだけど、数学者が日がな一日同じところで景色を見ているなんていうのは、けっこう誰でも持っているイメージだから、すごく月並みな感じがする。月並みということは、ステレオタイプを一切書き換えないということ。かといって、数学の難しい話は新書だからできないし、こっちだってそんなもの読んだってわからないわけだから、そうするとどうしても「外」の話ばっかりになってしまう。

でも、岡潔自身が書いている文章には本当に面白いところがいっぱいあって、たとえば、学問は一般に頭でするものだと思われているけど、本当は情緒でやるものだって書いている。これは養老孟司さんが言っている、人間は意識だけで考えているんじゃなくて体全体で考えているんだって話に通じるところがあるよね。こういうことを言いだすと、どうしても説教くさい感じになっちゃうものだけど、岡潔の書き方には全然そういうところがない。学問をするときの交感神経と副交感神経の役割について説明しながら、「副交感神経が主に働いているときは調子に乗ってどんどん書き進むことができる。そのかわり、胃腸の動きが早すぎて下痢をする」（笑）、こんな書き方。説教くさいっていうのも、結局は月並みということだと思う。

岡潔はフランスに留学しているんだけど、当時の文部省は最初、この人をドイツにやらせようとしたんだって。１９０１年生まれの人が留学するから、太平洋戦争前の話。でも岡潔はソルボンヌのガストン・ジュリアという教授の話を聞きたかったから、なんとか交渉してフランスに行かせてもらう。そのことについて岡潔は、自分はその人の話が聞きたいのだから他の国ではダメなのに文部省はそんなこともわからない、「これも『人』というものが忘れられている例で、どの人が喋ったかが大切なのであって、何を喋ったかはそれほど大切ではない」って書いている。

そこを読んで、ぼくの場合も人前で喋るときは人じゃなくてぼくが喋るわけだから、やっぱり何を喋るかじゃなくて、どう喋るかってことが大事なんじゃないかって思った。

テクニックの「その先」にどう行くか？

岡潔は学問には情緒が必要だと書いているくらいだから、俳句を自分でやったり絵もよく見に行ったりしていて、この本でも、渓流ばっかり描いている洋画家を訪ねるくだりがある。その洋画家は「三脚をすえる余地もないような水ぎわでカンバスが風に飛ばされないように手で支えながら描いた」っていうんだけど、これってセザンヌでも聞いたことがあるんだよ。セザンヌがサント＝ヴィクトワール山を描いた場所ってものすごい風が強くて、自分の体を縄で木に縛りつけて描いていたっていう。

この話を多摩美で油絵をやってる先生にしたら、ゴッホだって何とかって絵を何度も描いた場所はものすごい風で、イーゼルなんて立てられないようなところだったって言っていた。それから、テレビの「なんでも鑑定団」を見ていたら、日本を代表するという山岳画家の絵が鑑定に出てきて、そのときもその人についての解説で、冬山に登っていって、零下何度の岩場でザイルで体を縛って描いたんだっていうようなことを言ってた。まだゴアテックスとかない昔の話だよ。

日曜画家って、みんな座って風光明媚《ふうこうめいび》なところで描くわけだけど、それじゃいけない何かがあるんだよね。自分の中の何かを出すためには、ただダランとやっているだけではきっとうまくいかない。

それともうひとつ、ドストエフスキーの話が出てくるんだけど、『白痴』や『カラマーゾフの兄弟』は「一つページをめくると次に何が書いてあるかが全く予測できないという書物で、ある友人が『さながら深淵を覗くようだ』と表現したとおりだった。そして、人がそういう小説を書いたという事実が、問題が解けなくてすっかり勇気を失っていた私をどれだけ鼓舞してくれたかわからない」と書いている。

これも絵の話と同じなんだよ。小説を書く人間がそのつど苦労して書く。それはやっぱり苦労するから伝わる。何かをするっていうことは、音楽でも絵でもダンスでも、テクニックだと思っている人が多いんだけど、やっぱりテクニックなんていうのは知れたものだよ。

そのテクニックもできないような人はやめたほうがいいのかもしれないけど、テクニックはできてしまう。問題はその先にある。みんな小説家のことを「言葉のプロ」って言うけどそれは誤解で、小説家は「言葉につまずくプロ」。ただテクニックがある人は「言葉のプロ」なんだけど、「言葉のプロ」はプロの小説家ではない。

繰り返し読んでそのまま「記憶」する

こうやってずっと『春宵十話』の話をしているけど、じつはこういう本は10分とか15分読んでるとぼくはすぐに飽きちゃうんで、だいたいトイレでしか読まない。ウィキペディアとかの蘊蓄《うんちく》が典型なんだけど、知識が増えていくような読書は、頭の中のすでに知っている層のところに知識だけがパラパラパラパラッと降ってくるような感じ。この本も2ページ、3ページぐらいは「いいこと言ってるな」「面白いな」って思いながら読むんだけど、やっぱりエッセイだからそれ以上にはならない。この本以前に自分が知っていた、セザンヌが体を縛りつけて描いたという話を補完して、こっちが意を強くした、という、そこまでだよね。

エッセイの文章というか小説じゃない文章って意味を伝達すればいいんだよね。学校で習う文章というのはそこまでのもの。ところが小説の文章は意味の伝達ではないんだよ。世間一般では意味の伝達だと思われているけど、それは小説じゃない。

それがたとえばカフカなんかだと、表面的な意味、字義どおりの意味では読めないわけだ。

すると今度はそういう人たちは比喩的な意味で読んでいく。「この『城』というのは官僚機構を指している」とか。そうするとまたそこで意味の伝達になってしまう。

そういうことじゃなくて、カフカはもう覚えるしかないんだよね。ぼくは翻訳でだけど何度もカフカを読んでいるとそういうふうに思えてきた。

本ってずっと昔、いまみたいに量産される前は覚えるように読むものだったと思うんだよ。セルバンテスの小説に出てくるドン・キホーテは16世紀とか17世紀ぐらいの騎士で、その頃の本は羊皮紙《ようひし》でつくられていたからめちゃくちゃ高価だった。ドン・キホーテは本の山に埋もれて騎士道物語ばかり読み過ぎて、頭の中で騎士道の世界に住んじゃったってことになってるんだけど、そのドン・キホーテが持っている本は、中の記述によると「100冊以上」。「本の山」っていうのはせいぜいそれくらいのことだったんだよ。それくらいの量の本を、ドン・キホーテは何度も記憶するように読んでいたってことじゃないかと思う。そもそも論語とか老子とか、聖書とか仏教の経典とかだって、もともとは全部丸暗記するようなものだったと思うんだ。

文章が「深く来る」とはどういうことか?

話を戻すと、蘊蓄の文章っていうのは、ただ知識の塵が降り積もっていくだけなんだけど、小説の文章は、それを耕していく。自分が知っている理解の層をほじくり返していくという感じ。

カフカの文章を読むと、読みながら「深く来る」感じがする。だけど「深く来る」って言っても、べつに理解の中で深いとか浅いとかって本当はないよね。脳を解剖したわけじゃないんだし、深いとか浅いとかってよく考えると何のことだかわからない。だけど、実際にはなんとなくみんな共通了解としてわかる。通じる。

それはなぜかというと、「共感覚」を持ってるからなんだよね。

共感覚というのは文字や数字に対して色を感じたり形に味を感じたりするっていうものなんだけど、そういう感覚のある人たちは「共感覚者」って言われている。詩人のランボーが共感覚者だって言われていて、「Aは黒、Eは白、Iは赤……」みたいな詩を書いている。1は白で、2は黒で、3は赤って言ったら競馬なんだけど(笑)。

共感覚者同士で自然に感じられる色はそれぞれそんなには違ってないみたい。共感覚は、誰でも赤ん坊のときには持っているっていう話もあって、その共感覚の残りかすが体の中に残っているから、たいていの人が「奇数」と「偶数」って聞いたときに、奇数のほうが何かとんがっていて、偶数のほうが四角っぽいとかってことを何となく思う。「辛さがとんがってて甘さが丸くてふんわりしてる」って言ったら、たぶんみんな、そのままじゃないかと思うでしょ? でも、甘さと丸さは厳密に考えれば別々だ。その「厳密」っていうのがむしろ落とし穴なんだけど(笑)。とにかく、理解の「浅い」とか「深い」という言い方も、そういう感覚があるから通じる。

この「なぜ通じるか」ってことを真剣に考えている人で、前田英樹っていう人がいる。この人はソシュールなんかを研究しているフランス文学者で哲学者で、それでいて新陰流《しんかげりゅう》の剣術家という人なんだけど、この人がセザンヌがすごい好きで、彼はセザンヌが描いたリンゴがなぜリンゴに見えるかということを言っている。

なぜも何も誰が見たってそれはリンゴに見えるわけ。でも、それは普通に言うリンゴであって、たぶん前田さんの言っているリンゴではない。

それでぼくはハイデガーのことを思い出したんだ。ハイデガーが「存在」と言うときの「存在」がどういうものかって、みんながいろんな言い方をするのを読んでもあまり腑に落ちることがなかったんだけど、ぼくが初めて「あ、そうなのか」と思ったのは、レンブラントの絵を見に行ったときで、「修道士に扮するティトゥス」っていうびっくりするような美少年の絵があって、「ああ、このモデルになった子がいたんだな」って、すごく思った。その瞬間にわかったかどうかは覚えてないけど、これがハイデガーの言う「存在」なのかって。

セザンヌが描いたリンゴも、「俺もリンゴぐらい知ってるよ」とか「食ったことあるよ」っていうそのリンゴじゃなくて、きっとセザンヌはこのリンゴを描いたんだなっていうリンゴなんじゃないか。

そういうリンゴを描かない限りは、リンゴの普遍性は伝わらないんだよ。

だからセザンヌは、「世界にリンゴはもうこれしかない」「いまここにあるこれだけなんだ」っていうような感じで描いたんじゃないか……ってあんまり思いつきで言っちゃいけないかもしれないけど。

「根拠」に頼らずに思考する

生まれる前と死んだ後は本当に「無」か？

このところ、外で世話していた猫がパタパタと死んだり、友だちが死んだりして、死ぬというイメージがずいぶん前と変わってきたんだよね。ぼくの親父とお袋は8人きょうだいと7人きょうだいの末っ子同士だから、親戚のおじさん、おばさんはほとんど全員死んでる。そういう、自分の昔の記憶の中にある人たちがたくさん死んでる。それを思うと、人が生きているとはどういうことで、死んでいるとはどういうことかってことを、もっとちゃんと考えなくちゃダメだと思うようになった。

これは人から聞いちゃダメで、自分の中でイメージをつくろうとするその行為がまず大事なんだと思って、それをずっとやっている。

「人は死なない」って言っていた美術家の荒川修作も死んじゃったけど、荒川修作に代わってでもないし、荒川修作のためでもないけど、とにかくその言葉があったから、ぼくはぼくとして、「人は死なない」ということを考えなくちゃいけないと思っている。

昔、85年頃、まだぼくがカルチャーセンターにいたときに、そこで中沢新一さんが講座をやってくれたことがあるんだけど、彼は話しながら黒板に横に、こう線を描いていくんだよね。

その線というのは大日如来《だいにちにょらい》の力の線で、ときどきピピッ、ピピピッて突起を描いて、「これが熊」「これが樹木」みたいなことを言うわけ。例によっていいかげんそうな話なんだけど、それがすごく印象に残ってさ。いいかげんに言うからいいってこともあって、というのは「変に厳密に言うより直観に訴えかけるほうがイメージを生み出す」っていう、さっきも言ったようなことなんだけど、それを聞いてぼくは、力の流れにちょっとアクセントがついたり結び目ができたりするのが命なのかなっていうようなことを思って、それがいまになっても持続している。

いま生きているのは、ひとつの何かが安定したか停滞したような形で、一時期は生まれて生きているけど死んだ後はまた何かに解消されるというか、きれいに「無」になる。そのときは、「それはそれでいいんじゃないか」って思おうと思ったんだよね。そのほうがいいんじゃないのかなって。

ただ最近思うのは、「生まれる前も死んだ後も無だ」っていうのは近代の科学的思考の産物だよね。

前にも言ったけど、いま自分がその枠組みの中に生きているからここにあるものや考え方が全部だと思うわけだけど、一時期流行った言葉だとエピステーメー、つまり社会の知の枠組みが変わったら、すべてのことがまったく違う見え方がするようになる。そうすると「生まれる前も死んだ後も無だ」っていう考え方もやっぱり違うんじゃないか。「それはそれぞれの考え方だ」っていう以上に違うんじゃないかと思うんだよ。

「証明しろ」って言うな

人っていうのは本当にひとりでいるのかっていったら――それは「人と人との間にいるから人間だ」なんて、そういう話じゃなくて（笑）――人というのはひとりっきりで、他とは切り離された存在なのかっていったら、これは古井由吉さんが言っていたんだけど、言葉を使うんだから、人は他の人と言葉でつながってしまっている。

この、「人は言語でまわりの人間とつながっている」っていうのはフロイトも言っているんだよね。「だからフロイトはテレパシーを否定していなかった」と言った人がいて、それについてぼくはフロイトでは読んだことはないんだけど、フロイトがテレパシーを否定していなかったのだとしたら、それは言語によってつながっているということなんだと思う。

新宮一成《しんぐうかずしげ》っていう京大で精神医学をやっていて、岩波の新しいフロイト全集の監修にも入っている人がいるんだけど、その人も同じようなことを言ってたよ。

ある患者さんがカウンセリングに来たときに「ゆうべ寿司をたくさん食べる夢を見ました」って言ったんだけど、じつは新宮さんはその何日か前に、立食形式のパーティー会場にお昼から忙しくて何も食べられずに行って、寿司が並んでいるテーブルのところに行ったら話し好きの人に捕まってしまって、お腹が空いてて寿司が食べたいなあと思っているのに寿司を取れず、そのうちになくなってしまった、ということがあった。

新宮さんは、それは言語でつながっているからふたりは同じことを考えた、もっと言えば、明日カウンセリングに行くお土産として、その人の無意識が新宮さんを喜ばせようとして、新宮さんが実現できなかったことを夢の中で代わりに実現させたっていうふうに、わりとすんなり言っていた。

近代科学の考え方は、そういうことについても「もっと論証しろ」って言うんだよね。「もっと証明してみろ」「もっと根拠を言え」って。

ところが人間が持っている、人間が「持ち歩いている」とか「内蔵させている」ってぼくは言ってるんだけど、いろんなフレーズがあるじゃない。たとえば「禍福《かふく》はあざなえる縄の如し」とか、そういう言葉って論証可能な言葉じゃないんだよね。

そうじゃなくて、何かそういう目に遭ったときに、「ああ、禍福はあざなえる縄の如しというのはこのことか」って思うようなものだよ。

人が生きていくために持ち歩く考えっていうのは、論証可能なものと、論証の必要がないもの、それを持っているから何かに出会ったときにその出来事の輪郭がわかるっていうような言葉がある。

ぼくが関心があるのはそっちのほうの言葉で、論証なんかできなくたっていいんだよ。

「面白いもの」こそがつまらない

ぼくがいまずっと書いている『未明の闘争』はもうじき1000枚ぐらいになっちゃうんだけど、そこで何をしたいかっていうと、イメージで言うと、ラグビーのスクラムトライみたいな、モール状態というかラック状態というか、どっちか忘れたけどとにかくガチャガチャガチャってやりながらトライまで持っていくような感じ。言ってみればデヴィッド・リンチの『インランド・エンパイア』みたいなことをしたい。

ぼくはもうここ何年も映画にはほとんど関心がなくて、関心がなくなった理由がキアロスタミの『オリーブの林をぬけて』を観たときに、「面白い映画だなあ」と思って、でもこの面白さはもうなんかおしまいだなって思ったんだよね。『オリーブの林をぬけて』は本当にいい映画だと思うんだけど、それをいい映画にさせているものがぼくには突如つまらなくなった。

面白さがつまらない。いまの小説もほとんどそう。みんなが褒めるその面白さこそがつまらない。だからどの映画を観ても、面白い映画ほどつまらない。それがデヴィッド・リンチに遅れて出会ったら、リンチだけが面白くてどうしようもなくなって、それで『インランド・エンパイア』を観たことをきっかけに『未明の闘争』をいじりだした。

磯﨑憲一郎も、ぼくのやりたいことと完全に同じじゃないにしろ、大きく分けると同じことをやっていると思うんだけど、彼の典型的な書き方で、「まったく信じがたいことだが、そのとき彼の足は10センチ地面から浮いていた」っていうような書き方がある。

「彼の足は10センチ地面から浮いていた」って書いてあっても、読んだ瞬間は誰もそんなことは信じないんだけど、でもそう書くと、事実として「彼の足は10センチ宙に浮いていた」ことになる。

ぼくも『カンバセイション・ピース』の中で、テルトゥリアヌスっていう昔の神学者が言った「神の子が死んだということはありえないがゆえに疑いがない事実であり、葬られた後に復活したということは信じられないことであるがゆえに確実である」って言葉を繰り返し書いたんだよね、途中から。なんで最初からじゃないかっていうと、書いている最中にその言葉を見つけたからなんだけど。

この「ありえないがゆえに疑いがない事実である」みたいな言い方って、ぼくはもうだいぶ慣れちゃったから、聞くと「あ、気持ちいいな」ってくらいなんだけど、最初に聞いたときは、こうググッと入ってくるでしょう。センテンス自体が何か動力を持っているみたいで、この飲み込みがたいものを飲み込むような感じがすごくいい。

もうひとつ、ヘーゲルの同時代人のシェリングっていう哲学者の『人間的自由の本質』（岩波文庫）の中に、「完全なものは不完全なものである」ってフレーズがある。

これはシェイクスピアが言った「きれいはきたない、きたないはきれい」っていうのとは全然違う。これ、ハイデガーが『シェリング講義』（新書館）って本の中ですごく丁寧に語っていて、ぼくも『小説の自由』（新潮社・中公文庫）で一章を使って書いてるんだけど、シェリングが使ったそのセンテンスは、英語でいうところのbe動詞で結んでいるわけ。

be動詞というのは左（主語）と右（述語）が同じであるという、数式のイコールと同じだと考えられがちなんだけど、そうじゃないんだよ。

「この机は木である」って言ったときに、数学のA＝Bと違って、ひっくり返すことはできない。「木はこの机である」とは言えない。しかも「この机は木である」って言い方をしたときに、根拠とか確からしさというのは述語の「〇〇である」のほうにある。

ぼくよりも少し上ぐらいまでの人なら間違いなく学校時代にそういうことでイヤな思いをしたと思うんだけど、「おまえは高校生だろう」って言ったときに「高校生」のほうが力を持つんだよね。「あなたは女でしょう」って言ったときも「女」が力を持つ。みんなそういう言葉の使い方をしてるんだよ。世間でも普通にあるよ。「エーッ、保坂さんってA型なんだ」みたいな。

でも、本当は大事なのは主語のほうなんだよ。このシェリングが使っているセンテンスでは主語に力がある。だからここで言っているのは、「完全なものがあるからこそ、それが基準となって、不完全なものもある。だから、完全なものは不完全なものである」ってこと。「この机は木である」っていうセンテンスは動きのない、静的なものだけど、「完全なものは不完全なものである」っていうのは、動いているセンテンスなんだよ。

どんな形容詞も「出来合いの言葉」

小説を書きながら、自分自身がそういうセンテンスをどれだけ発掘していけるのかっていうのが、いまのぼくの喜びのひとつなんだ。

「おまえは高校生だろう」とか「保坂さんってA型なんだ」って、どっちが大きいんだって話だよね。目の前にその人がいるのに、「A型か、やっぱり暗いんだ」みたいな。悪かったよ、暗くて(笑)。だいたい本当はAじゃないし。

いま普通に使われている言葉は、全部が目の前にあるのに、それをすでに知っているものに押し込んでしまう。全部定義をしていってしまう。それもすごくおざなりな定義を。

でも、本当はやっぱりそれぞれなんだよ。

ぼくが『季節の記憶』という小説の中で蛯乃木《えびのき》という人物のモデルというかそのままを書

いた多田って友だちがいるんだけど、彼のことを別のところでエッセイに書こうと思ったときにその矛盾に気づいたんだ。「完全なものは不完全なものである」という文に出会った前か後かは忘れたけど、ぼくの友だちにこういうやつがいるって書こうとして、「これはおかしいな」って。

どんな形容詞を使っても、「多田っていうのはいつも喋りながら首が振れていて……」とかっていくら書いても、全部出来合いの言葉で書くことになる。それで、「あ、そうなんだ」って。誰かについて書くっていうのは、その相手をどこか殺してしまう、生きているその人じゃないものを、すごくおざなりに写すだけなんだって。

……まあそれで、「で、」とか、「だから、」とかはないんだけどね。

きっとこれはぼくの話の持って行き方が下手なんだよね。「だから、」「つまり、」って言って、実例として多田を出せば、「ああ、そうか、多田さんっていうのは、そういう形容詞におさまらない人なんだな」って話になるんだよ、きっと（笑）。

でも、そういう話でもないいんだよね。

たしかにすごくいい実例ではあるんだけど、ぼくがそのことに気づくために必要だったのがやっぱり多田だったってことなんだよ。

「伝える」ために困難を掻き分けていく

受け手なんて関係ない

ところで表現にとって、観客、読者、受け手というのはどういう存在か。

最近、ぼくが思っているのは、「関係ない」。

磯崎憲一郎とはわりとちょくちょくメールでやりとりしているんだけど、そういうときに、やっぱり「あ、これが書けたな」って思う瞬間は何ものにも代えがたいって話になる。

さっき話した岡潔の評伝みたいに、外から見ると、業績がどうのとか「芥川賞を取った」とか「この本は100年間読まれる」みたいなことが言われるわけだけど、本人としては「これが書けた」ということしかない。

岡潔はドストエフスキーに「鼓舞」されるって言っていたけど、それもドストエフスキーがあるものに辿り着くために困難の中を掻き分けるようにして進んだり、セザンヌが体を縄で木にくくりつけて描いたみたいに、「こんなことして、誰がわかるんだよ」ってことまでしたからこそわかる人がいる。そういう「誰がわかるんだ」ってことまでしないと、やっぱり伝わらないいんだよ。

ちょうどいい例があって、『未明の闘争』の中で、ぼくは珍しく校正のときにちょうど1ページ書き足したんだよね。それは子どもがしりとりをしていて、「コオリ！　リンゴ！　ゴリラ！」みたいな声が聞こえてくるという場面なんだけど、それは、それを書いた後で磯﨑憲一郎に、『コンドーム』とかは、やっぱりないよな」って言ったの。そしたら彼は意味を取り違えたんだけど、「子どもはテレビで見たことをけっこうそのまま言うんで、しりとりってだいたい『り』から始まるから『利回り』とか言ってますよ」って（笑）。

つまり子どもは子どもにはないはずの語彙も使うんだよ。「コンドーム」だって「カフカ」だって言ってもおかしくない。

ぼくはこの場面では3回言ったら「と」で終わる言葉にしたかったんだけど、しりとりの逆算って難しいんだよね。「と」から考えて、「○○と」になる言葉を考える、それが「マント」だったらまた「○○ま」で終わる言葉を逆に考えていくわけだけど、なかなか出てこない。

それと、頭とお尻が同じ言葉も入れたかった。ぼくは最初「カフカ」って使いたいなって思ったんだよ。でも、「子どもがカフカかよ」って思って。想像上の読者の声が邪魔をしたの。結果として子どもが言いそうな言葉しか並べなかったんだけど、でも、やっぱりやるべきだった。

子どもは子どもが言いそうにない言葉も使うっていうのは、子どもはテレビで聞いたばっかりの言葉を使うって意味でも、つまり実際的にも正しかったんだけど、それとは関係なく、小説としても子どもが使わないような言葉を使うべきだった。

変なリアリズムみたいなものにこだわる読者像が頭の中をかすめちゃったんだよ。その何がいけなかったかっていうと、このときぼくは読者を信用していなかった。

つまり「受け手なんて関係ない」っていうのは「読者を信用する」ってことなんだ。書く人、つくる人が、困難を掻き分けるようにして進んでいく。試行錯誤する。できたものにその試行錯誤はそのままは出てこないけど、読者はその試行錯誤までわかる。

読者の像を考えるのであれば、そこで「わかる」って思わなきゃそれは失礼なわけ。あのとき直せる時間があまりなかったんだけど、時間がない中でよくない読者像を基準にして考えてしまった。でも、そのことに気づけたということ自体は、よかったのかもしれない。こういうことを考えていなければ、あの瞬間、自分が読者を信用していなかったってことに気づけなかった。

やっぱり信用しないで書いちゃダメなんだよ。でも、ほとんどの書き手は全然信用なんかしてないよね。イヤになるくらい信用してない。いったいどんなやつが読むと思って書いてるんだよって。

文体とは筆の動きやためらいのこと

「試行錯誤」っていうのは論証不可能なものなんだよね。

佐々木中《あたる》って人がいて、いま40歳手前ぐらいで、4年前（2008年）に『夜戦と永遠』（以文社・河出文庫）っていうすごい厚い哲学書みたいな本を出したんだけど、彼はその中で、ミシェル・フーコーが18世紀だったかもっと前だったか忘れたけど、当時の無名の人、名もない人々の営みを昔の文献を全部ほじくり返して掬《すく》い出そうとしたってことを書いている。関係ないけどサルトルの『嘔吐』の中にフランスのいちばん大きい図書館で棚の本をAからアルファベット順に全部読んでいく人の話が出てきて、それは「バカ」って意味で書いてるのかもしれないけど、フーコーのことらしい（笑）。フーコーならさもありなんと思えるんだけど。

そのフーコーが文献を全部漁って文章を書いたってことを佐々木中が書いていて、そこで佐々木中は、フーコーは権力の側に残っていた公文書の「言葉」があったからこそ名もない人々のことを書けた、大学教授だからこそその手の記録に触れ得るフーコーは「権力の言葉」の側にいるのであり、名もない人々からは遥かに隔たった立場にいる、フーコーはそこに戸惑いを感じていた、ということを書いている。

で、佐々木中は同じ本のラカンについて書いているところで、文体というのは日本語でいう「だ・である」と「です・ます」とか、なよやかな言葉を使うか硬い言葉を使うかとか、大和言葉か漢語を使うかとかってことじゃなくて、文体とはペンの動きであり、ペンが紙をこする音であり、筆圧であり、パソコンだったらキーボードを叩くカチカチカチカチって音であり、ペンが止まった何秒間かのためらいだとか、そういうもののことだっていうようなことも書いている。

ぼくはこの文体のくだりが大好きなんだけど、フーコーの「言葉なき人々」と「言葉ある権力側」とに分けるかのような「言葉」に対する固定的な捉え方と、この文体のくだりは相容れないんじゃないか。そういうことを佐々木中本人に言ったら、誰も指摘しなかったことみたいで驚いてたんだけど、ぼくもずっとそのことを考えてたから意識が行ったんだよ。

やっぱりぼくとしては、「文体というのはペンが止まる瞬間や、キーボードのカチカチカチカチいう音だ」っていうほうをとりたい。そこにこそ作り手がやっている試行錯誤がある。前田英樹の言う「なぜセザンヌのリンゴが人にリンゴだと伝わるのか」ってことも、それは試行錯誤とか、体を木にくくりつけて困難を掻き分けていくというようなことを経るから伝わる。何かが通じる。

それは意味の伝達とはまた違った形のものだから、それから考えるとテクニックっていうのはなんて簡単なものだろうと思う。

ヨッちゃんとジミヘンは何が違うか？

たのきんトリオの野村ヨッちゃんっているじゃない。最近は浜崎あゆみのバックでギターを弾いたりしてるんだけど、10年くらい前だったと思うけど、テレビで彼が簡単にジミヘンのフレーズを弾いてみせちゃうのね。

それを聴いて、あ、そうか、ジミヘンも30年経つとヨッちゃんでも弾けるんだって（笑）。いや、浜崎あゆみのバックでギターを弾くんだから日本人では相当なものかもしれないんだけど、形になっちゃったものはそうなんだよね。

ヨッちゃんが弾いたフレーズっていうのは、高音のアルペジオっぽくチャララチャララっていうやつで、ジミヘンはその感じが好きで、「リトル・ウイング」や「エンジェル」はそんなふうなギターではじまるんだけど、それが面白いことに、ジミヘンのいちばん初期、プロになる前のバンドマンやってた頃からの曲も入っている『ウェスト・コースト・シアトル・ボーイ』ってボックスセットがあるんだけど、それを聴いてても同じフレーズが聞こえてくるんだよ。雇われてソウルとかリズムアンドブルースのバンドのバックで弾いてるんだけど、イントロでそのフレーズを弾いてるの。

それでやっぱり、ジミヘンは最初からひとりでジミヘンだったのかあ！って、ぼくは感動したんだけど、YouTubeでソウルやリズムアンドブルースを聴いてみると、けっこう似たイントロがある。だからもしかしたら逆で、ジミヘンの、誰が聴いてもその場でジミヘンとわかるあのアルペジオ風の高音の澄んだギターは、ソウルとかリズムアンドブルースから来ているのかもしれない。ただ、似ているって言っても、それらのイントロを聴いてジミヘンは連想しないよ。

ジミヘンの歌っていうのは、空をイメージさせる題名が多いんだけど、「エンジェル」とか「リトル・ウイング」とか「アップ・フロム・ザ・スカイズ」とか「サウス・サターン・デルタ」とか。「サターン」って土星だよね。あと「ヴァリーズ・オブ・ネプチューン」とか。

そういう空とか宇宙を彷彿させる曲がいっぱいあって、それでジミヘンがいいのは、彼はミュージシャンとしての活動を始めてから徴兵に取られたらキャリアが中断されてしまうってことで、自分から早めに軍隊に入ったっていうんだけど、志願して入った先が第101空挺師団っていう落下傘《らっかさん》部隊。

ジミヘンは空のことばっかり考えているようなやつだったんだけど、軍隊に入ったときも落下傘部隊だった。そこらへんがやっぱりジミヘンだなあって。

それで軍隊に入ったはいいけど、一説によると、最後はマスターベーションのしすぎでクビになったんだって（笑）。まあ、ジミヘン好きでもなんでもない人が聞いてもよくわからない話かもしれないけど。

第11講　収束させない、拡散させる

「本質」「美学」を守る

本当に運動神経のいい人は五輪にいるのか？

オリンピックって、ぼくが子どもの頃に見たものとは、全体としてだいぶ違うものになっちゃったように思うんだよ。いまって体操の選手と新体操の選手と飛び込みの選手とでは、体型がもう、まったく違うでしょう。東京オリンピック、メキシコオリンピックの頃は50年前だけど、その頃すごかった体操のチャスラフスカとかは普通の体型だったからね。

それが70年代ぐらいから、それぞれの競技に特化するように体型が変わっていった。体操なら体が小さくて、新体操なら頭が小さくて手足がすごく長かったりして、スタイルがいいと言えばいいけど見方によっては虫みたいでもある（笑）。飛び込みになると今度はずっと体に厚みがあって。ぼくは飛び込みの選手がいちばん均整が取れているかなと思ったんだけど、妻が言うには鎧《よろい》を着たように筋肉がひとまわり余分についているって。そう言われればたしかにそうでさ。

とくに男子の体操を見て思ったのは、のびのびやってない感じがするんだよね。動きの楽しさを感じない。鉄棒でも、「ギンガー」とかって途中で手を放して回転してまた鉄棒を持ったりするけど、初期の頃の鉄棒競技は、要するにくるくる回って、最後にぴょんと飛ぶだけのものだった。

ただくるくる回って手を持ちかえて逆回転にして途中で体を折ってって程度のもので、だけどそっちのほうが体の動きとしては自然で、運動神経がいいとはこういうことかって感じがする。いまの体操ってシルク・ドゥ・ソレイユみたいだよね。でもシルク・ドゥ・ソレイユを見たって「運動神経いいな」とは思わないじゃん。運動神経とは別のものになっているというか。もはやスポーツじゃなくてアクロバットなんじゃないの?って感じがするんだよ。

だから今回オリンピックを観ててさ、はたして本当に運動神経のいい人たちがここにいるのかって疑問を持ったんだ。こんなの面白くないとか、もっとのびのびやりたいと思うような人は、途中で落っこっちゃうようなシステムになってるんじゃないかって。

そういえば、体が大きい人って、人生の中で一度は相撲部屋から声かけられるんだってね。

——そうなんですか(笑)。そういう人を見つけるスカウトの網の目が張られているんですかね。

面白いよね。つまり角界って、チェックポイントが「体が大きい」くらいしかないみたいな感じがするんだよ。本当はもっと相撲の強い人っているはずなんだけど、その網の目からは漏れてしまう。それと近いことが起きてるんじゃないかって。

「わからない人」がジャッジする世界

面白いことに、アフリカの人たちはあまり細かい技術を研ぎ澄ますみたいなことにはなじまないのか、同じ脚力があっても中距離以上しか強い人が出てこない。中距離以上だと基本は純粋な脚力の勝負になるけど、100メートル、200メートルって、スタートの仕方から最後まで全部細かい技術で走法をつくりあげていくから、そういうものはあんまり発展しないんだ。

——言われてみると、体操でも見かけませんでした。

やってても面白くないんだよ、きっと。演技を見てもあんまり憧れないんじゃないかなあ。あんなことしてどうするのかな、楽しそうじゃないな、みたいな。

一本勝ちのない柔道、フォールのないレスリング、KOのないボクシングには憧れないよね。とくに柔道なんて、延長入れて8分間、ひたすらぐじぐじ引っ張り合ってるだけって感じがしたよ。

驚いたのは、男子73キロの中矢選手が決勝で負けたロシアのイサエフって選手なんだけど、中矢が投げにかかったときに腕に絡みついて、その腕を締め上げるんだよね。これはもう柔道でも何でもないって。ちゃんと組み合わないでレスリングみたいにかがんだ姿勢で突っ込んでくる選手がいたりさ。前回のオリンピックのときは、いきなり足にタックルするやつがいて、それは禁止になったんだけど。

あと、「一本」の下にあるのが「技あり」と「有効」だけになって「効果」がなくなってた。それは「一本」を重視した柔道に近づけようって努力なんだけど、でも、そのつどルールを変えてたら強いも弱いもないじゃない。

こういう柔道に起こったことは、レスリングにもボクシングにも他の競技にもきっと起こってるんだろうと思う。ただ、とくに日本の柔道関係者は問題でさ、交渉力がないから、本来、柔道を知らない国の人たちの都合のいいペースでルール改正をやられてしまうんだよね。ジュリー（審判委員）が審判の判断をチェックして物言いをつける場面もあったけど、あれって要するに審判が正しく判定できてないってことでしょう。何試合かに一回ならともかく、一試合に何回も、だもんね。「審判じゃわからない」っていうのは、日本の柔道の人からすると、信じられないことだと思うんだよ。

本来、競技って本当にわかっている人はやっぱりいるはずなんだよね。それが何でも多数決で決めるって風潮になってるから、「本当にわかっている人」ってどういう人なのかがわかんなくなっちゃってる。

ああいうジュリーのビデオ判定を導入するっていうのは、競技を広めるために、本当にわかっている人から、わからないで見ている人の側のものに競技をシフトさせているってことだと思うんだよ。アスリートの実感ではなく、審判・観客の視点で競技を判定する。だけど、選手自身も自分がつまらない存在である自覚はない。競技の本質をわかっている人はもう高校時代あたりに淘汰《とうた》されてしまうから。

たとえば鉄棒で初めて手を離した人の想像力はすごい。しかし次にやる人はただの競技になってしまう。トレースになる。だから動きがのびのびしていない。アフリカ人が大地を走る姿のほうがずっと美しい。躍動感のあるなしの差に本質が表れる。

もし剣道がオリンピック種目になったら「面一本!」とかがなくなって、最後の判定で勝ち負けを決めるようになるかもしれない。そんなことはいまはあり得ないように見えるんだけど、オリンピック種目になるというのは、そうなることなんだよ。きっとフェンシングだってそうだったんだ。

これはスラムのことで言ったこととか、小説が「書く側」の言葉で語られていないっていうのと同じことで、「見る人の側にシフトさせていく」ことが、それをダメにしてしまうことになる。オリンピックはいまは世界的なイベントだけど、最も繁栄しているときに衰退が始まっているというういい見本だと思った。

メジャーリーグはなぜ「セコく」ならないのか?

――競技の歴史が深まって洗練されていくにつれて本来の醍醐味が失われていってしまうようなところがあるのでしょうか。

でも全部の競技がそうなるかっていうと、いつも考えるのが、野球のメジャーリーグはセコくならないいんだよね。アメリカ野球が考えている力と力の勝負がずっと守られている。そう考えると、取り巻いている世論の多さが関係するのかな、とも思う。

オリンピックの競技なんて普通の人たちはオリンピックのときに見るだけでしょ？　柔道でもレスリングでも、日本の選手が出てきたら、「あ、今回はこの人か。じゃあ、応援しよう」みたいな感じで、オリンピック開幕の前から名前を知ってる人なんてほとんどいない。つまりふだんから関心を持っているわけではない。だから関心のないところでころころとルールが変わってもほとんどの人は気づきもしない。

それに対して野球とかサッカーって、そんなに頻繁にルール変更しないよね。これは結局、注目度が高ければ、ある程度守られるってことなんじゃないかって。

べつに結論出す話じゃないんだけどさ。競技人口がたくさんいて観客もいっぱいいれば、ある程度の美学の基本線が守れるのかもしれない。すると小説とか映画はどうだろうって重ね合わせて考えてしまうっていう、そういう話。

——映画では、観客を大勢呼ぼうとしてつくっていくと、どんどんつまらないものになっていくようなイメージがあります。

いや、映画って、野球やサッカーほどみんなひっきりなしには観てないんだよね。ふだん映画に行かない人たちを呼ぼうとするからそうなるんだよ。映画の本当の面白さをわかっていない人たちを呼ぶわけだから。テレビ以前の時代、あなたたちのおじいさん、おばあさんぐらいの時代は、週に1回か2回、日本中の人が映画館に行ってたからね。だからいろいろな映画があった。もうすでに違うんだよ。

オリンピックも実際見ていると、ほとんどマイナー競技なんだよね。大衆が広くやっているスポーツっていうとアメリカ圏は野球で、それ以外の地域はサッカーで、あとはゴルフとテニスとって、そういうもので、槍投げとかアーチェリーとか、まわりで本気でやっている人なんて見ないよね。

他だとバスケとかアイスホッケーなんかも競技人口が多いけど、それ以外はオリンピック種目であることがその競技の宣伝ないし存立根拠になっている。逆からいえば、オリンピック種目から外されると競技が存続できない、あるいはそういう危機感がある。

だから、力関係から、ルール変更でも何でもオリンピック側の条件提示を飲まざるを得ない。それで本来のあり方からどんどん離れていく。

それって、ゼネコンと下請け、役所と業者、原発と地元の関係に似てるよね。守られるということは、本来の姿、存立の根拠を見失うことだよ。新聞とかテレビだって、いまはスポンサー料、広告収入でもってて、購読料、視聴者でもってるわけじゃない。だから、新聞もテレビも本来の姿をとっくに見失ってる。

「騒音」の中に留まりつづける

将棋が「人生」から「試合」になった

みんな柔道を始めるときは、やっぱり背負い投げとか内股とか大外刈りがカッコいいなと思って始めるはずなのに、いつの間にかあんな柔道をやるようになってしまうんだよね。

ぼくも下手な将棋をやってて思うんだけど、勝ち負けだけじゃなくて、とにかく気持ちいい斬り合いをやりたいという将棋を指す人と、とにかく負けたくなくてガチャガチャガチャガチャ、クリンチの連続みたいな将棋をやる人と2種類いるんだよ。

ただ、やっぱり力が拮抗《きっこう》していると、負けたくなくてガチャガチャ、クリンチみたいなやり方ばかりする相手をスッパリ斬り捨てるようなやり方はできない。そうすると、どうしてもこっちもガチャガチャやりはじめてしまう。

いま50歳になったばかりの谷川浩司が強かった頃までは、つまり少なくとも羽生善治が出る前までは、谷川は斬り捨てるような人だったんだよね。「肉を斬らせて骨を断つ」みたいな戦い方で、それが失敗して深手を負ったとしてもそれはしょうがないという、勝負というのはそういうもんだと思ってるような人だった。

それでも谷川の強さは圧倒的だったから、羽生が出てくるまではだいたい勝てた。谷川自身が将棋のやり方を変える必要はなかった。

それに対して羽生の指し方は個性がないって言われている。棋士で言うところの「棋風《きふう》」がない。だから羽生が出てきたときから、棋士の勝負観とか将棋観っていうのははっきりと変わった。それ以前は、中盤まではそれなりでも、終盤に斬り合いの強い人が力を出せばそっちが勝つってところがあったけど、いまは鮮やかに勝つよりも、序盤、中盤で少しずつ点数を重ねるようにして差を広げていけば、後からはもう追いつけないってものになってしまった。

――それまでは棋風のないタイプの人が君臨するようなことはあまりなかったんですか?

なかったね。まず、羽生の前と後に分けると、羽生が出てきた頃というか、それよりちょっと前からだけど、棋士同士が仲良くなった。将棋が人生じゃなくて、ただの試合になったんだよ。それまでは棋士同士というのは仲が悪くて、戦う人は、大袈裟に言うと存在がかかっていた。人生がかかっていた。

でも、そこから余計な物語がいろいろ出てきちゃうんだよね。阪田三吉の『王将』みたいな。そうやって強い人についてみんながわかりやすい物語を持ち出すようになると、すごくちんけに見えるようになってくる。そこに羽生みたいな人生と将棋を切り離したような人が出てきて頂点に立ったときは、すごく気持ちよかった。つまらない物語を持ち出す余地がない。

変化が起こった瞬間というのは嬉しいし、期待感も大きくなる。後の世代の人間にとってはつねに前の世代の人間というのは邪魔くさいものだよ。生きている実感自体が、自分たちと前の世代とではずれていて、その前の世代の人たちが自分たちの世界観に乗っかって滔々《とうとう》と喋るのがうっとうしい。後の世代の人間はそういうものを一掃したいから、変化が鮮やかで魅力的に見える。それで、前の世代のやり方、考え方を一掃していってしまう。でも、だからといって変化したほうが何でもよくなるとは限らないんだよね。

羽生の「一手」が教えてくれること

ただ羽生が面白いというかすごいのはさ、終盤でみんなが収束すると思い込んでいる場所で拡散させるんだよ。

みんなが「あとは収束に向かう手を指すしかない」「もうそれしかない」と思っているところで羽生が指すと、「あれっ、局面が引き戻されている」って。

そろそろ終盤だなと思うと、普通、負けている側は「うまく逆転できれば」みたいな発想しかなくなってくるんだけど、羽生は「まだここでは収束しない」という一手を指す。そんな簡単に収束なんてしないんだっていうことを実践してみせたんだよね。——といっても、ぼくはあくまでも解説を読んで「そういうことなのか」って、わかるだけだよ。プロの将棋なんて、アマのへぼ将棋にわかるようなものじゃない。と、言いつつ、プロが気づかないことを気づくこともあるんだけど、それは手がわかってわかるんじゃなくて、解説の読み方がこっちはやっぱり精密だから、統辞法とか構文とか接続詞とか、思考を構築・伝達する道具としての文章のレベルに、プロ棋士が気がつかない、常識の罠、というと大袈裟だけど、思考の空白地帯みたいなものがあることに気づく。

みんな終わりに向かうということは収束することだと思ってるでしょう。そういう考え方のモデルがあるよね。将棋もそうだし小説でも終わりに向かうと収束させたくなるものだよ。でも、ぼくがいま小説に持っているイメージは、そういう発想と戦わなきゃいけないということなの。

小説って時間の中で展開していくわけだけど、時間の中で展開していく限り、終わりに向かって収束していく。小説は終わりに向かって収束させるために要素を選んで書いていくことになっている。

だけどぼくは、時間の中でそういうことが起こること自体を疑って、それと戦いたいと思っている。つまり、収束なんてさせなくていいんじゃないかと考えはじめている。

そういう小説って、読んでも〝もやっ〟としそうでしょう。いかにも〝もやっ〟と残りそう。でもそれは、作品にはカタルシスがなければいけないのかってことでもあるんだよね。

映画とか小説は泣くものだと思っている人がいるよね。それはいちばん安直なカタルシスだけど、涙はないにしても、何らかのカタルシスは必要だろうと思われている。でも、カタルシスなんてなくてもいい。カタルシスがあるとスカッとするけど、スカッとする必要なんてない。〝もやっ〟としたっていい。そういう思考のモデルに対して戦うというか抗《あらが》っていきたいんだよ。

――「時間軸が進んでも収束させない」というのは、前にお話のあった「人は死なない」という考えにつながっているのでしょうか？

それは考えたこともなかったかな。それはつながってるというよりも「響き合い」ってことでいいんじゃない？　たしかあっちであんなこと言ってたな、なんか似たことだな、みたいな程度で、それ以上に強い関係をここで言ってしまうと、それはやっぱりフィクションというか「つくりごと」になっちゃうから。

よく創作のことでも、「小説はつくりごと」なんて言うけど、どこをつくりごとにするかって問題があるんだよね。つくりごととは言っても、絶対、現実世界との接点はある。小説で「男と女」って書いたら、現実世界の男と女と同じなわけでしょう。「洋服を着てる」って書いたら、現実世界の洋服の着方しかしていないわけで、そういう現実とのくっつき方を使いながら、作品を組み立てていく。そこにあえてつくりごとを入れるのであれば、それは考え方の様態を変えるようなつくりごとじゃないといけないと思うんだよ。

で、終わりに向かって収束させるっていうのは、ギリシア悲劇以来のひとつのつくりごとだったわけだ。現実に起きることが全部収束するはずないんだから、現実に起きたことの一部だけ取って収束しているように見せるっていう、それだけのことなんだよ。

苦しい状態に「踏みとどまる」

精神科医の中井久夫の言ってることとって、ぼくはそのまま文学のこととして読んでいるんだけど、今日持ってきてもらった彼の『徴候・記憶・外傷』（みすず書房）って本に「『踏み越え』について」という文章が入っている。これはアメリカのアフガニスタン侵攻のことなんかも考えに入れながら書かれたものなんだけど、

「太平洋戦争の始まる直前の重苦しさを私はまざまざと記憶しており、『もういっそ始まってほしい。今の状態には耐えられない。蛇の生殺しである』という感覚を私の周囲の多くの人が持っていた」

って、これは中井さんが、統合失調症の患者が幻覚や妄想に至る前の状態についてよく書いていることと同じで、幻覚が出る前は、頭の中で雑音だか騒音だかがずっと続くんだって。それが幻覚や妄想という形になると、はっきりとした発病になるわけだけど、でも患者本人は幻覚や妄想という形を取るようになるとむしろ安心する。その妄想以前の雑音・騒音状態がいちばんつらい。

今回、改めて中井久夫を読むようになったのは、ちくま学芸文庫の『中井久夫コレクショ

ン』のどれかでそのことについて読んだからなんだけど、その雑音・騒音状態を維持することが小説を書くことだっていうのが、ぼくの小説観なんだよ。

雑音・騒音を妄想に結びつけてしまうのは、そこで一本線を引いて収束させてしまうってことなんだよね。それを簡単にしてしまわないで、いかにしてそこに踏みとどまるか。

だからそろそろ『未明の闘争』も収束させようかなと思ってたんだけど、また気が変わってきた。どうやって維持するか。終わりは来させようとは思ってるんだけど、収束させない終わり方にしようかなって。「しようかな」っていうか「そうしてみたいな」っていうか。「そうしなきゃいけない」っていうと大袈裟になるんだよ。大袈裟っていうのも違うんだけど、「いけない」っていうと、何か正しさに向かう感じがあるでしょう。だからそうじゃない言葉で、「ここはやっぱり、収束しないやり方でやるか」というふうに思ってる。

小さいこと、細かいことをよく見つめる

「物語的」に考えない

続けて中井久夫の『徴候・記憶・外傷』からだけど、この文章。

「因果関係を考えることとは、複雑な事象においては、しばしば過度の単純さあるいは端的な誤りに導かれるのを、私は経験していた。私は事象間の時間的空間的近接を重視し、それ以上は考えないことにした」

これは統合失調症の患者について書いているところなんだけど、患者のことを考えるときにあんまり長いスパンを取って考えると、因果関係が出てきてしまう。もしかしたら、中井久夫はそこまでは言ってないかもしれないけど、「物語的因果関係」ということだよね。「時間的空間的近接」っていうのも小さい因果関係とは言えるけど、こっちには物語的要素はない。もっと即物的というか、観察的というか、あるいは、非‐断定的というか、あるいは、世界といっぱい関わったことのない子どもでも考える範囲というか、清潔というか、って、自分の小説観に引き寄せて言ってるわけだけど（笑）、物語性のない小説にも「時間的空間的近接」なら必ずある。

この接し方をしたらこうなった、この対話をしたらこうなった、っていう小さいこと、細かいことだけを重視するということ。それより長いスパンで考えると、過度な期待とか予測をすることになって、現実に起こることを見そびれてしまう。それからここ。

「一般に、破壊あるいは解体が単一の特異的原因で起こりうるのに対して、回復は、無数の非特異的因子がしだいに好ましい方向に働く結果、全体として〝地力〟がついてくるとしか表現しえないような事態であることが多い」

それと、次の段落に来て、

「おそらく、治療の基本原則の一つには、患者の示すものの中に建設的な意味を読みとり、それを活用しようとすることがあるであろう。何か積極的な意味はないかと問いなおすことは、しばしば、思いがけない新しい局面を開いてくれる」

これがぼくが小説を書くときに心がけている、という言い方も変だけど、とにかくずっと頭に置いていることなんだ。

中井久夫は、治療者というのは患者と切り離されて存在しているものではなくて、絶えず患者とのやりとりの中で、患者から影響を受けながら治療行為を続けていくっていうことを言っていて、それが彼の基本的なスタンスなのね。

つまり治療者は治療行為の外側にいるわけではない。治療という行為のサイクルの中に治療者も患者も両方がいる。それなのに、治療者が治療行為の外側にいると思っていたら、治療行為は自分が事前に想定したプログラムの中で進んでいくかのような幻想を持ってしまうことになる。

客観的で冷静な態度では「わからない」

それは小説も同じで、書き手は書いている小説に影響を受けながら書いているわけだけど、みんなそう思ってないよね。やっぱり書く人は作品の外にいて、書く人が事前にプログラムを組み立てて、そのプログラムの中で作品が書かれていくと思っている。
そう考えていると、カフカの『城』っていうのは、読者として答えが確定できない疑問点がいくつも出てくる。これは、カフカがプログラムを持ってないからなんだよね。

いちばんわかりやすいのは、Kが最初に城下の宿に辿り着いたとき、Kは泊めてもらうために、自分は城の測量師で、助手は後から来るってでまかせを言うんだけど、そうしたら次の日、本当に二人組の助手が来ちゃう。

こう説明すると、それはそれでカフカがそういうプログラムで書いたかのように思うかもしれないけど、読むとまず絶対にそうは思わない。答えが確定しない状態で、こっちの気持ちが落ち着かないというか、閉じない感じがする。なにしろKはその助手たちが城から来たことに一度も驚かない。それどころか、自分が預けたはずの測量の道具はどこにあるんだなんて聞いて、助手たちに「持ってない」って言われると、「しょうがねえな」みたいなことしか言わないんだけど、こんな展開は事前に決めていたら、まあ、あり得ない。

この時点で、読む人間が完成形を前提とした作品の形をイメージしていたら、非常に多くのつまずきがある。だけど完成形を前提としないで、作品をブヨブヨして先が見えない、書き手がそのつど生成させていくものとして考えると、そこはつまずきが小さくなる。でも読者は、何度読んだところで、これを書いているカフカに完全に同化することはできないわけだから、どうしても小さなつまずきとか段差はもちろんあるんだけどね。

とくにこの部分は書きだした最初のところで、方針を決めるために書いているみたいな感じだから、カフカ以前の作品観でいうなら、いったん全部書き上げたところで、全体の方針に合わせて書き直すであろうような書き方だよね。

なんていうか、ここを書いていたとき、カフカは作者でなく読者のように書いていたんじゃないかって感じがする。「読者のように」っていうのはどういうことかというと、作者だったら「本当はKとは、これこれこういう人間である」って、心の中では決めてあるんだけど、読者だったら「どういうことなんだろう?」って思うじゃない。書きながら、カフカも「どういうことなんだろう?」って思ったんじゃないか、って気がする。

どう言ってみても、ぼくが感じているカフカの書き方はうまく伝わらない感じはするんだけど、というのも、ぼく自身がカフカの像を十分に結びきれていないからなんだけど、その、「像」という考え自体がすでにつまずきの始まりのような気もする。書くということから主体性を完全になくしたらどうなるか?とか、書くことから意図を完全になくしたらどうなるか?とか、ね。

読者っていうと、作品の外に立つみたいだけど、そうじゃなくて、作品の始まりの部分って、読者は何もわかってないでしょ。手探り状態だよね。そのわからない立場に書き手である自分を置くということだから、作品と作者の関係において、こんなに主体性のない作者はいない。

あのね、小説に限らず、作品全般に対して、「わかる」ということは外に立つことなの。いや、本当の本当は、「わかる」ということは、そういうことじゃなくて、影響をモロに受けるとか、ドキドキするとか、そういうことだと思うんだけど、いまはそういうことを「わかる」とはイメージしてないでしょ。客観的で、俯瞰的で、冷静で……って、自分が嫌いな言葉ばっかり並べるんだけど、そういう態度によって把握した何かのことを「わかる」っていまは言っているんだけど、そんなんじゃあ、本当のところは何もわからないんだよね。

「勘繰る」と「考える」は違う

『徴候・記憶・外傷』で、精神科の患者への助言として「辺縁的な観念」を大事にしたほうがいいと言っているところで、

「これは患者に『勘繰《かんぐ》り』をすすめるものではない。自然な〝虫の知らせ〟（予感や余韻）に耳を傾けないからこそとんでもない妄想に頼るのである」

と中井久夫は書いている。この勘繰りって裏読みとか先走り読みのことだけど、考えることを「勘繰り」をすることだと思っている人は多いんだよね。

ぼくがデビューして2年目ぐらいのときだけど、ある人と話していたら、その人が誰かのことを「あの人は芥川賞作家だから」って言い方をしたことがあったんだよ。

それに対してぼくは「芥川賞なんかどうってことないんだよ」って言ったら、その人は

「取ってない人はそういうことを言うわよね」って。

そのときぼくはまだ芥川賞を取っていなかったから、その人はぼくの発言を「ひがみ」によるものだと勘繰ったわけ。そうなると、そこで考えは止まっちゃって、ぼくが芥川賞なんてどうってことないって言ったのはどういう意味なのかってことは一切考えなくて、自分の偏見とか思い込みの中に留まっちゃうことになる。これは事前のプログラムにすべてを回収してしまうのと同じ考え方だよね。

辺縁的観念を大事にするっていうのは、考えの焦点を絞らないことで、小説でも、あるひとつの筋に流れそうに見えても、そういう流れにさせない要素っていうのは辺縁にいっぱいあるわけだよ。書き手がそういう要素を勝手に辺縁のほうにやっちゃってるだけで。そういうことを考えると、小説って収束しないで済むんだよね。

『徴候・記憶・外傷』でこの少し後に、

「(妄想者は)容易に信じない懐疑者であると同時に軽信者でもある。彼らを軽信させる大きな動因に権力意志がある」

という文章がある。中井久夫はこれは勘繰りをする人について言ってるわけじゃないんだけど、でも、これって勘繰りをする人にも当てはまる。勘繰る人って疑い深いと同時に、安いところに飛びつく人でもあるからさ。

――権威に弱いっていうことですか。

というか、その人にとって自分の中にある思考の雛型自体が権威になっている。思考の雛型っていうのは、誰かに教え込まれたものでしょう。学校教育であったり、社会の常識であったり、そういうものから出てきたもので、自分で切り拓くわけじゃない。物事をそのまま捉えないで、何でも裏読みして、そういう思考の雛型に回収していくってことは、そのつど、その権威を強化していくことになる。

そういう雛型に当てはめないで物事を考えるというのはよるべない。頼りない。あと、他の人からの了解を得にくい。賛同を得にくい。やっぱり他の人から賛同されない考え方って持ちにくいじゃん。それで、紋切り型の考えのほうに自分の考えをつけてしまって、それが権威を強化することになってしまう。

ちょっと人と違うことを言ったり考えたりする人って、みんな、勘繰り、裏読みにとても消耗させせられるんだよね。何を言っても、「それはあなたのひがみでしょ」っていうような感じで話が回収されてしまう。

言う側も、そういう裏読みをする人のクリンチを振りほどけるほどにはスパッと言えないわけ。そりゃそうだよ。みんな自分に権威や権力はないんだから。どうしたってそのクリンチは振りほどけない。荒川修作や岡本太郎ぐらいまでいかないと、無理なんだよ。

何度言ってもやりとりを何往復させても、向こうは何度でも裏読み的に回収してくる。何を言っても血液型に回収してくる人と一緒でさ、「そういうことを言うのもやっぱりA型ですよね」みたいな（笑）。だから、血液型に回収させる人にはウソの血液型を言うといい。で、最後に「ぼくは本当はB型です」って言うと、向こうは「B型の人って、たいていウソを言う」って（笑）。もう絶対勝てない。

勝とうとする必要もないんだけど、負けっ放しもしゃくにさわる。というか、精神衛生に悪い。血液型の話が嫌いな人は血液型で何かを言うことがイヤなわけじゃなくて、きっと血液型を使って猛威を振るう人がイヤなんだよね。すべてを血液型に回収してしまうという、自分の拠《よ》って立つところがびくともしないところが不快なんじゃないかと思うんだ。自分の喋ることが全部無駄になってしまうという、その感じが。

ただ、中井久夫は人間がぼくみたいに未熟じゃないからさ、人の心には分類する機能は必要だってことをどこかで書いていたよ。その分類も4種類ぐらいがいちばんしっくりくるから、血液型占いは広まってるんだろうって。だからあんまり否定しないで、受け流せばいいってことなのかもしれないけど。

第12講　考えるとは、理想を考えること

「予感」「手触り」を大事にする

「根拠」なんていらない

葛飾北斎の有名な「神奈川沖浪裏《かながわおきなみうら》」に描かれている波って、波頭《なみがしら》がすごくとんがってるんだよね。

波頭って普通に見ると水しぶきだから丸いはずなんだよ。それがなぜ、あんなくちばしみたいにとんがっているのかってNHKの番組でやっていたんだけど、波頭を実際にハイスピードカメラで撮影したら、波頭は本当にとんがっていたって。それで北斎の目はすごいというようなことを言っていたんだけど、そこを根拠にしてしまったら面白くないんだよ。

じつはそういう言い方が北斎の絵をつまらないものにしてしまう。北斎はハイスピードカメラ並みのすごい目を持っていて、それが見えたからそうしたんじゃない。デザイン……と言うと絵というか芸術が実現して見せるものの大きさがなくなっちゃうんだけど、わかりやすく言うとデザイン的な判断で、波の荒々しさをいちばん表現するためにあした。見たわけじゃない。作品の必然とか、その裏にある予感とか手触りみたいなものが波頭をとんがらせた。そこに科学的な根拠を持ち出しても、作品が小さくなるだけだよ。

伊藤若冲《じゃくちゅう》の「群鶏図《ぐんけいず》」にも同じことが言える。この絵は掛け軸みたいな縦長のスペースに鶏が何羽も並んでいるんだけど、下のほうに描かれているのが手前で、上のほうが奥として描かれている。だから遠近法で考えると、上にいる鶏のほうが小さくて、下にいる鶏のほうが大きくならなきゃいけないのに、「群鶏図」ではそういうふうには描かれていなくて、いちばん上といちばん下を比べるといちばん上の鶏のほうがやや大きく見える。

これもやっぱり、実際に望遠レンズで撮ってみると、遠くが拡大されて見えるのね。昔、ぼくの親父も、野球を見ていたときに、ある日「なんでピッチャーのほうが小さく写ってるんだ」って言って、変なことに気づくなと思ったことがあって。あれもバックスクリーンから望遠レンズで撮っているから手前が小さく見えるんだけど、親父に言われるまで気づかなかった。

それでテレビでは、「実際に望遠レンズで撮ると、手前も奥も同じような大きさになる。そういうふうに描いた若冲はすごい」みたいな言い方をしていたんだけど、そうじゃない。これもやっぱり若冲の作品に対する考え方なんだよ。それを望遠レンズではこうだからといった根拠づけをすると、若冲がやった試行錯誤が一気に消えてしまう。

何枚も絵を描いたかどうかはわからないけど、描かなかったにしても描くまでには頭の中とか体の中に試行錯誤が必ずある。作品というのは試行錯誤の果てに出てくる、すごく定まらないウネウネしたものなのね。それを、科学的に正しいからこう描いたという見方をしてしまうと、作品に至るまでのそういう時間がないものになる。それだと作品じゃなくなっちゃうんだよね。

「自分だけ」のはずの考えも誰かが言っている

作品もそうだけど、考えも、予感とか手触りとか洞察は、科学的、論理的な根拠に優る。それで面白いのは、そういう根拠なく自分でパッと思いついたことだとか、個人的に喋ったり、自分で考えたりしていることでも、やがて同じことを言っている言葉に出会うんだよ。ニーチェだったり、フロイトだったり、老子だったり、誰だったりといろいろなんだけど、本当に自分が考えたのと同じ言葉に出会う。どんな突飛だと思うことでも、絶対、誰かが言っている。

そういうものに出会うと、がっかりするんじゃなくてホッとする。ちょっと考えると自分の独創性が否定されてがっかりするように思うかもしれないけど、「こんなこと思ってるのは自分ひとりなのか」という不安というか、確信が持てない感じがあるもんなんだよ。だから、言った本人は不思議に安心したり、ホッとしたり、自信を持ったりする。こんなことを思っているのは自分ひとりなのかなって考えているそのときは不安定なんだけど、必ず何年か以内に出会う。

それはもっと冷めた言い方、人の足を掬《すく》うような言い方をするやつに言わせれば、じつはその前に一度出会っているんだけど、そのときには自分の関心がそっちに向いていなかったから、そのフレーズをスルーしていて、でもやっぱり頭に残っているから、それをまるで自分の考えのように言ったっていう理屈になる。

それでも自分にはスルーしたという意識はないわけだから同じで、こんなことを考えているのは自分ひとりかな、みたいな確信が持てない感じがつづく。

いや、確信とは違うかな。確信がほしいわけじゃないから、やっぱり不安定なんだよね。ユラユラしている。でも、同じことを言っている言葉に出会うと、そこで安心してカチッとする。だから、こんなことを考えているのは自分ひとりかな、みたいな不安定な状態っていうのは不安に思う必要はないんだ。

くっきりと頭に残る言葉

前回少し話した中井久夫の『徴候・記憶・外傷』を読んだときはすごくそれを思ったんだ。初めて読んだのに、前にこれを読んでいたんじゃないかっていう感じ。というか、喜び。みすずから出ている中井さんの本の中でも、この『徴候・記憶・外傷』はいちばんハードなのね。でも、ハードなもののほうがやっぱり中身は濃い。当たり前か。

とくにぼくが興奮したのは、その中の「高学歴初犯の二例」と前回も引用した「『踏み越え』について」。「高学歴初犯の二例」のほうは中井さんが助言的な立場で裁判に関わった1

980年代の犯罪について語ったものだけど、驚いたのは、「判決文は、おそらく、被告が一字一句忘れないで、何度も繰り返し、刑務所の中で思い浮かべる文章」だってところがあって、それと対応するように、「私は、副弁護士の、有罪が明らかな場合には、被告が納得する判決文をかちとることを目指すという考えに共鳴して、この裁判に関与した」とある。

判決文は、被告がもう一度社会に出たときにそれを支えとして生きていけるような、被告の反省を促し、生き直すきっかけになるような文章にしなければいけない。その前提となるのは、被告が一字一句忘れない言葉だということ。だけど、あの長い判決文を一字一句忘れないなんて、信じられないことでしょう？ でも、殺人犯となって判決文を聞くという立場は、これは人生の中で本当に特別な時間だよね。だから、そのときの言葉を一字一句覚えるっていうのは、やっぱりあり得る。

一字一句聞くっていうのは意味に変換しないってことだよ。ここでまた小説を出すとこじつけみたいだけど、小説を読むうえでこれは本当に大事なことで、カフカにしても意味に変換しないでそのまま読まないと読んだことにならない。意味に変換すると、とたんに「このエピソードは現代人の不安を表している」みたいな最悪の裏読み、勘繰りになってしまう。

わかりやすいのは恋愛のときの、自分が愛している相手から聞く言葉。人は意味に変換して記憶する癖があるから、一回は意味にしてその言葉を取るんだけど、でも恋愛している状態だと、やっぱりまた最初の言葉に戻る。

子ども時代に聞いた親の言葉とかだって残るじゃん。大人になっても、「小学校6年のときに親父にこう言われたから」とか言うじゃない。自分のほうがそのときの親父さんよりとっくに年上になっているにもかかわらず、「親父に『まわりに迷惑だけはかけるな』って言われた」とかさ（笑）、そういうわりとどうでもいい言葉だったりするんだけど。

それとか、松井秀喜が高校野球の監督にこう言われたとか、八段になった棋士が、師匠は六段止まりだったのに、師匠にこう言われたとかって、みんなそんなことを言うけど、それはやっぱり意味じゃなくて一字一句残っているところが強みなんだよ。一字一句残る言葉っていうのは、それだけできっと強いんだよ。

初心に戻れ

この「高学歴初犯の二例」と「『踏み越え』について」ってふたつセットの論文になっていて、「高学歴初犯の二例」の終わりが「『踏み越え』について」につながっていく。「高学歴初犯の二例」の終わりのほうの文章、

「判決文という語り narrative の成立に向かって、すべてが動いているように感じた。人間の行為の動機は、犯罪であれ、恋愛であれ、職業選択であれ、根底の根底までゆけば言葉にならないものであろう。それを言葉にし、一つの語りとして、被告の人生の語りに統合させるのが判決文である」

というところが、『踏み越え』について」の、「この過程は、強引に言語化する過程であり、させる過程である。その過程の無理は公衆が鑑定や判決文に抱く不満の本当の源である」

という文章にそのままつながってくるんだけど、これって小説でみんなが普通にやってることだよ。たいていの小説家が、小説とはそういうふうに書くものだと思い込んでいる。しかし、「小説とはそういうものだ」っていう予断というか思い込みというか、そういう限定的な小説観に縛られないで小説を読む人は、人の「言葉にならない」行動を「整合的」に言語化してしまう、その過程にこそしらけてしまう。

――保坂さんが中井さんの文章に強く共感されるのは、その分析の「強引な言語化」のなさに、小説を書くときの態度に似たものを覚えるということですか？

書く最中じゃなくて、書く前提の態度かな。ぼくは、人間はこうなったときにこうするものであるという考え方は嫌いなんだよ。何か事件が起きると、これこれの環境が彼を犯罪に走らせたとかって言うけど、全部後付けでしかない。ある状況になっても、そういう行動をしない人のほうが圧倒的に多い。しない人のほうが多いのに、事件から話をつくると、まるでそれが必然であるかのような言い方になる。それで人間がわかったみたいな、人間の思考の過程をトレースしたかのような錯覚を持っちゃいけないんだよね。

人間は10人が同じ状況に置かれたところで、誰も同じ行動なんか取らないよ。そのうちの

1人だけが犯罪を犯す。100人なら100人でも何人でもかまわないけど、それ以外の人は、犯罪以外の全然別の行動をする。あるシチュエーションが与えられたら何かの精神病になるということもなくて、人によっては寡黙《かもく》になるだけかもしれない。そういう、いろんな反応があるということを前提にしないと、小説は結局ただのエンターテインメントになってしまう。

中井久夫って、ぼく自身そんなにきっちり読んでるわけじゃないから話題にすることも少ないんだけど、もうほとんどどれを読んでも、人間的な崇高さに感動するんだよね。腹が立ったとか、そういう攻撃的な気持ち、すさんだ気持ちも和《やわ》らぐし、誰かと関係が悪くなっていても、そんなにカリカリしないで、呼吸を整えて、仕切り直して、もう一度やり直そうとかって、そういうふうな気持ちになる。

もっと大事なのは、この「高学歴初犯の二例」と「『踏み越え』について」を読むと、本当に、初心に戻らないとダメだってことを感じる。

そうは書いてはいないんだけど、おまえが小説を書くことを始めたのは、自分が憧れているような小説を書きたかったから小説家になって小説を書いているのであって、売れるとか売れないとか、誰かに褒められるとか褒められないとか、賞を取るとか取らないとかじゃなかった。大袈裟に言うと小説のイデアみたいなものに対して——書いていくうちに自分にとっての小説のイメージはどんどん変わっていくわけだけど——そのときそのときの自分が満足できるかできないか。とにかく最初は、雑誌に載れば、一作、世に出ることになる。そうやってとにかく一作、人に読まれたいとか、とにかく一作、出版されたいと思って始めた人間が、なんで続けていくうちに売れるとか売れないといったことが大事かのように考えるようになるのか。そういう最初のところに戻れってメッセージを感じるんだよ。

時間を「無駄」に使いつづける

「安定」なんて気にしなくていい

1980年かな、大学時代、就職活動で友だちといくつか会社説明会に行ったときに電通にも行ったんだけどさ、総務部長か何かが出てきて、まだ電通が小さかった頃の昔話をしたの。たしか昭和30年代の話だから、当時から二十何年前くらいだよね。

それはまだ広告代理店というものが何物とも知られていない時代で、元日に少ない社員で集まって、おとそで乾杯だけして、それから「電通」って書いた手ぬぐいをお得意さんに配って歩くのがお正月の仕事だったとか。話していたのは部長だから、もしかして経験じゃなくてもっと上の先輩から聞いた話かもしれないけど、とにかく、電通というのはそういうところからいまはこんなに大きくなりましたって話。

それを聞いて、ぼくは受けるのをやめたんだよ。もうでっかくなっちゃったんだったらイヤじゃん。つまんないじゃん。

仕事が面白くないんじゃなくて、生きる実感としてつまらない。

でも、むしろそういう会社になったから行くって人たちがそこを受けたんだろうけど、いま、そういう人たちがみんなであたふたしてるんだよね。「将来性がある」「年収が高い」「安定している」っていうのを基準に考えていた人たちが、いまみたいな時代になって悲観ばかりしている。

それで本当にやめてほしいのは、ぼくの甥《おい》っ子が高校3年のときに、先生から「どういう道に進みたいのか」って聞かれて、民俗学をやりたいとか歴史学をやりたいとか言ったんだよね。そしたら先生から「そんなことをしても儲からないぞ」って言われたんだって。なんで学校の先生が生徒の進路指導で、勉強をしたいっていう子に向かって、「カネにならない」なんてことを言うんだよ。

子どもの将来のことを「安定」で言う社会の風潮は、よくないよ。

そもそも22歳で就職したとして、定年が60歳なら40年近く、いろいろ転々として30歳で就職したとしても定年まで30年ある。いま、30年間ずうっと大丈夫な業種なんてないでしょう。

それはたしかに大変な社会だとは思うけど、それならもう将来の安定で仕事を決めなくて済む、と考えを切り替えられる。シンプルに「何をしたいか」で決めればいい。

でも、教育がそういうふうに教えるようにはなってないんだよね。教育というか、教育以前の、教育を支える社会の風潮とか、思想風土って言うと大袈裟だけど、情緒風土というか。安定した仕事がいい仕事だ、働くのなら安定を求めるのが当たり前だ、って考え方がしみついている。

でも、当たり前じゃないんだよ。そんな考え方、少なくとも明治以前にはないよね。藩に雇われていた武士たちなら安定も多少はあったかもしれないけど、いざとなったら合戦で命を捨てるという前提はあっただろうし。そんなものは形骸化していたかもしれないけど、形骸化した建前だけでもあったことは大事だったと思うんだよ。

ピンク映画館はなぜ消えたか?

いまの若い人たち、大学生とか20代の人たちには、「安定なんて求めるやつはバカだ」って感じはあるんじゃないの? だけど「安定した業種なんてない」って考えるところで止まっていたら、それはただの現状分析であって願望は入っていない。安定なんてどこにもないんだから、したいことをすればいいじゃんって、そこまでいかないと。

ただ面白いのは、80年代半ばの中井久夫の文章の中に、「サラリーマンが誰にでもできる、特技を必要としない仕事だというのは、すでに過去のものになった」ってことがもう書かれてるんだよね、バブルの真っ最中というか、もうすぐバブルが始まろうという時代にだよ（「現代中年論」『「つながり」の精神病理』〈ちくま学芸文庫〉所収）。その頃のことはぼくも経験したからわかるけど、すごいラクで誰にでもできたよ。それを指して「すでに過去のものになった」っていうんだから、それ以前のサラリーマンはどれだけラクだったんだって。

ぼくの親父は船乗りなんだけど、一時期船乗りをやめて4年間くらい普通の会社に行っていたのね。水処理の会社で、場所が品川なんだけど、朝が早くて6時半くらいに出ていくんだよ。8時始業って言ってたかな。でも、毎日必ず7時20分には帰ってきた。NHKの7時のニュースでやる相撲の結果が知りたくて、ギリギリの日には急いで家に飛び込んできたのを、よく憶えてる。残業なんてないんだよ。仕事が定時に終わって同僚と一杯飲んで、横須賀線に乗って、鎌倉駅からバスに乗って、家に7時20分だよ。実際、ぼくより上の世代の人に聞くと、昔サラリーマンは残業なんかしていなかったって言うんだよね。

だけど、この競争原理の社会の中じゃ、誰かが抜け駆けすると、それに勝てなくなっちゃうでしょう。だからどっかの会社が残業をしはじめると他もしないわけにはいかなくなる。それでいまは残業をするほうが当たり前になっちゃった。二葉亭四迷の『浮雲』の冒頭を読んだって、これは役所だけど3時に終わって勤め人がぞろぞろ帰っている。

役所は閉めたら本当にすぐ帰っちゃうからね。80年代でも、神奈川県庁と横浜市役所のある関内駅には、5時2分発の電車に県庁とか市庁の職員がずらっと並んでいたって話があるんだよ。どう考えても時間より早く役所を出てるだろうって（笑）。

でも勤め人って、きっとそういうものだったんだよ。

なにしろサラリーマンって、個人の商売と違って創業資金がいらないんだよね。だから手ぶらで仕事を始められる。っていうか、黙ってだかにあてがってもらうわけだ。自分は一銭も持っていなくても、雇われればそのときから給料がもらえる。自分で会社を立ち上げたりしたら、儲けが出るまで何カ月とかかかるわけだよ。会社じゃなくたって、小売店でもそうだし、職人なんかもそうでしょう。そのリスクがない。

――サラリーマンって、フリーの人に比べると不自由というか、制限されているイメージもありますが。

それはサラリーマンも後期なんだよ。前期は、学歴さえあれば誰でもできる、人もうらやむ仕事だったんだ。いまだにラクな仕事をやってるのは政治家ぐらいのものだよね、国会議員ぐらいのものだよ。

80年代から90年代にかけて次々つぶれていったんだけど、かつては日本中にピンク映画館がいっぱいあったんだよね。あれ、なんでつぶれたかというと、普通考えられているのは、ビデオの普及でアダルトビデオとか裏ビデオが増えたからってことだけど、いちばんの理由はサラリーマンが行かなくなったからなんだって（笑）。ピンク映画館って、営業の人がよく時間つぶしをしてたんだ。

管理職になったら自分がしていたことを次の代にさせない悪いやつがいるんだよ。自分が営業をしてきて、ノルマなんて1日3時間は空くぐらいの目標だってことがわかってるから、めいっぱいのところまで目標値を上げた。そういう仲間を売るタイプのやつがいるんだよ。ナチスとかの収容所が舞台の映画を観ると、仲間に管理させるよね。収容所の組織の人間じゃなくて、収容されている人の中で仲間を売るタイプをピックアップして、そいつに仲間を管理させる。

「無駄」と言われるのは誇らしいこと

でも、時間を無駄に使うって必要なことなんだよね。これは小説限定の話かもしれないけど、なんでサラリーマンを辞めて小説家になるかっていうと、もっと勝手にやりたいからでしょう。もっと勝手に生活をしたい。小説を書くって、何が自由かというと、何枚でも反故《ほご》にできる。つまり、書いたのを破り捨てることができる。だから何時間でも無駄に使える。最終的に掲載されるされないということはあるけど、何時間無駄に使おうが関係ない。

その無駄な時間というのは、いつ生きるかわからない「捨て石」だよ。ただ、それは全部、できあがったものの中に何らかの形で生きてはいるんだよね。生きているから小説家として続く。ツルッと書けば2日で書けるところを気が済むまでやって2週間かかるっていうのは、それは小説家に与えられている権利であると同時に義務でもある。使命でもある。こういう仕事をしている人間が時間を無駄に使わなけりゃ、誰が時間を無駄に使うんだよって。

仕上がったものを見たって、ごく一部の人にしかわからないとか、もしかしたら誰にもわからないとかって思うかもしれないけど、それでかまわない。この社会に、そういう人間がいるということが大事なんだよ。

そういう時間を無駄に使っているような人間が誰かと会ったら、時間を無駄に使っている何かを発散して、相手に伝わるんだよ、きっと。いまはネットがあるから、そういう人がいることが、わりと見えるようになってきた。ブログを見ていると、毎日、猫助けをしている人たちがいっぱいいるんだよね、日本中に。そこまでするかっていうぐらい、猫のために時間を使って生きている。

うちの近所の公園にも、毎日2時間ぐらい猫にエサをやっているおじさんがいて、絶対にブログなんてやらないようなタイプだから、べつに何も発信してはいないんだけど、でも、公園で猫にエサをやってるんだから、こういう人がいるんだってことは、人には見えている。「無駄」の流れで、その人たちを連想したから、「猫助けは無駄」だってことになっちゃうかもしれないけど、でも、やっぱり無駄って言えば無駄だよね、いまのこの社会の価値観では。「無駄」って言われるのは、この社会ではむしろ誇らしいことだよ。そして、その延長線上に、国境なき医師団とかがある――って言うと、「猫助けは無駄」と思っている人に向かっての説得力はあるかもしれないけど、猫のために時間を使っている人たちはそう言われて嬉しいか、と言うと、ちょっと疑問なんだよなあ……。

ぼくもその片隅に位置する人間なわけだけど、そういう大袈裟な〈正義〉みたいなのと別なことをしたいと思ってるんじゃないかと思う。〈正義〉だと、それをしない人に向かって強制力を持つし、もともと関心がない人からも賞賛されたりするでしょ？

そういうのは違うんだよなあ。周囲何メートルくらいの狭いところで軽い褒められ方をされて、大きなところでは呆れられる、っていうくらいのほうがいい感じがする。

やっぱり、「無駄」って言っちゃうほうが清々しい。

「テンプレート化」した思考から抜け出す

希望を語ると「バカ」と言われる社会

いまって、社会の何か変な力が、人に「希望」を語らせないで「予測」を語らせようとしているんだよね。

現状を分析して、そこにいろんなファクターを入れてみたり、何かの係数をかけたりして、「いまの社会はこういう社会である」「10年後、20年後はこういう社会になる」とか、そんなことばかり語らせようとする。それは全部予測であって、希望や願望ではない。

一方で、「こういう社会になりたい」「社会はこうあってほしい」という言い方をする人はみんなバカって言われる。「何も現状が見えていない」って愚か者扱いされる。

でも、いまの社会を覆っているのって競争原理に支配された新自由主義でしょう。その資本主義の経済の側に立つと、側というか中というか、その経済の中に立って現状分析から未来予測をすると、経済活動がいちばん強いって前提でものを見ることになる。それはもう前提がそうなんだから、そうとしかならない。そこには希望とか願望が入ってくる余地はない。経済というものはこういう力で動いていて、趨勢はこうであるって、それだけ。

そういう語り方しかさせない力自体、経済がいちばんだといういまの社会がつくりだしている。力というか、拘束力というか強制力というか。そこからはみだしたところにいる人間のことはみんな「愚か者」だと思わせて、経済の原理から出てくるかなり悲観的な考え方にしか理がないような言い方を人に強制している。

でも、人類はこれから何千年、何万年って生きるんだよ。

リアリティがないみたいだけど、いまの前後何十年くらいだけを見ている考え方のほうが本当はよっぽどリアリティがない。いまみたいな経済活動が社会を覆っている状態が、何百年も続いていくはずないんだから、いまの経済活動を前提にして話す必要なんてないんだよ。何を言ったっていい。

教養までが「経済活動」として考えられている

直近の小さなことで言っても、紙の媒体がなくなって、全部電子化されるようになるって言うよね。それとか、これからは小さい書店はなくなって、大きい書店しかなくなるとか。神保町の東京堂書店にしても昔からずっと一店舗でやれてきたんだけど、これからはいくら大きくても一店舗しかないのはダメで、多店舗展開する必要があるとか。出版社にしても社会科学系はダメだとか、固い本を出していてもどうにもならないとか。

そういう考え方って、全部現状から出た、ただの予想じゃない？　予想を言うだけ、予想の中で活動をするだけだったら出版社なんかいらないんだよ。

出版とかマスコミは、言わせられてることを言うためにあるんじゃなくて、言いたいことを言うためにあるんでしょう。「紙媒体には未来がない」って言い方自体、現状を認めているだけの知恵がない言い方だよ。

飲食店だったら「ワタミ」みたいなチェーン展開の店があれば、隠れ家みたいにして少数の客を相手に高い料理を出している店もあるじゃない。いまの出版って基本的に「ワタミ」的な発想しかしてないよね。

19世紀とかの小規模な出版の時代に出版社はどうやっていたのかって、出版社の人たち、ちゃんと調べたことないでしょう。草創期がつねにヒントになるかはわからないけど、まず草創期のことを調べもしないで、出版の外にいる、出版に愛も関心もないような人たちが言う数字だけの分析を突きつけられてあたふたしてる。しかも、あたふたしているだけで、営業も編集も誰も火事場の馬鹿力的な力を出さずに、本の帯とか広告とか既存の枠をドカーンと変えようともしない。紙媒体がなくなるんだったら、なくなる前にいじりようはいくらでもあるんじゃないの。

でさ、グロスでしか見ないから右肩下がりなんだけど、『ピダハン』（ダニエル・L・エヴェレット、みすず書房）っていう、アマゾンの奥地のかなり特殊な言語を持っている少数民族を取材した本は、3400円だけどこのあいだもう6刷なんだよ。ギリシア悲劇の『アンティゴネー』の中でコロスが、「人間とは真に不気味なもので、荒海に漕ぎ出して世界を制圧した」みたいなことを言ってて、ハイデガーなんかは、これこそが人間だと雄々しいことを言うんだけど、ピダハン族の生き方は正反対で、共同体の中に生きることこそが幸せ。言葉は、自分が直接見たり聞いたりしたものしか言えない文法になっている。だから昔話や創世神話もない。

ピダハン族の話をするとまた長くなっちゃうから、それは関心がある人は読んでもらうとして、そういうけっこうハードな内容でも売れる本があるんだよね、ちゃんと。全然なければ考えを根底から変えるしかないけど、「たまにある」ということは、もっとちゃんとやればなんとかなるってことじゃないの？　内容がやさしくて定価が安い本とかミステリーみたいに決まりきった面白さで定価が安い本とか、そのグロスで勝負っていう発想は経営者の発想だよね。

ぼくは1981年に会社に入ったんだけど、途中から会社が社員全員に経営者的な視点を持つように強要しはじめたような気がした。それはバブルが始まる時期であると同時にぼく自身が中堅社員になっていった時期だったから、社内の立場としてそういう視点を持つように求められたのかもしれないけど、バブルと並行して日経新聞が力を持ってきたというか、「日経何々」っていう雑誌がすごく増えて、衣食住もエンターテインメントも教養も中身でなくまず経済活動として捉えられるようになった。

ということは、好きで出版したいだけの人は「バカ」というか「もの好き」とか「趣味人」みたいな、ちょっと困った人に見えるようになったんじゃないの？　もともと出版なんて、趣味の延長みたいなもののはずだったのに、一時期間違って大きなビルが建つような業種になっちゃった。

というわけで、出版は大きくしすぎて、中身じゃなくなって、経済の原理に取り込まれちゃった。でも大きいって言ったって、全然小さいんだよ。野球なんて毎日1万人以上の人を集めてるんだよ。巨人や阪神は4万人だよ。

ぼくはよく比較して言うんだけど、東京ドームのコンサートは1万人以上集めるでしょ？で、そこにいる一人ひとりが立ってワーワー騒ぐでしょ？　野球だってみんな騒ぐよね。その熱さを出版は演出できてない。コンサートだったら1万円でも行くのに、本は2千円をなかなか超えられない。コンサート会場だったら1万人いたら1万分の1でしかないのに、その一員として一生懸命盛り上げようとする。それに対して、本の読者なんて普通、5千か6千くらいしかいないのに盛り上げようとはしない。でも、小説家はその人たちがいなくなったらもう書きつづけられないんだよ。なんて、プレッシャーをかけると、きっとその人たちは退《ひ》いちゃうんだけど、1万人のコンサート会場にいる人より、小説の読者のほうが1人の存在が大きい。それを実感として誰も持ってないよね。

出版とコンサートを比較することで、出版社の人が「本を読む人たちはそんな軽佻浮薄《けいちょうふはく》じゃない」って反論するとしたら、それこそよく言うよ、だよね。売り上げ見てあたふたして、売れる本なら新しさも何もないミステリー小説をいくらでも出してて、もうそういう反論は通用しない。

とにかく、何か思いがけないことを考える人が、いま、出版業界に流れてきてないんだよ。そういう人が流れてきて、大手の取次しかないような中で、新しい流通をつくって、自分たちが認める良質な出版社の本だけを扱うような本屋をあちこちにつくるとかさ。「そんなの無理だ」って、すぐ言うじゃない。でも、すごい突飛なことを考えるやつには、無理なことなんかないよね。

いまの社会にある業種って、それを30年前、50年前の考え方で見てみれば、たぶん、そんな仕事はあり得ないってことばかりだよ。精密な現状分析から、こうしかならないみたいな考え方をするのは、頭を使っているようで、いちばん頭を使っていないんだよ。

無力感を打ち破る

前に話した酒井隆史が『通天閣』の中で、「この社会の核には『悲しみ、懊悩、神経症、無力感』などを伝染させ、人間を常態として萎縮させつづけるという統治の技法がある」と書いている。これこそが人に希望を語らせない、願望を語らせない方法だって。中井久夫も『徴候・記憶・外傷』で、人々をいいように動かすために「無力感を引き起こす」という方法があるって、まさに同じことを書いていた。

この酒井さんの文章なんて『通天閣』の注の部分にさらっと書いてあるだけで、対談で酒井さんに会ったときに、あの指摘はすごいって言ったら、本人もびっくりしてた(笑)。そんなに重いつもりで書いてないんだよね。酒井さんにとっては自明のことだったからか、そんなに力む必要もなく書いちゃったらしい。

昔……っていつのことかはわからないんだけど、中世とかそういう昔は、「考える」ということは「理想を考える」ことだったと思うんだよ。現状分析だとかセコい近未来予測なんかをすることは、社会について考えることにはたぶん入っていない。そうじゃなくて、社会の理想像ってどういうものか、どういう状態が理想的なのかを考えることだけを「考える」と言った。

いまはどの方向に考えることもすべて「考える」と思われているから、「真の悪とは何か」みたいなことが小説のテーマになったりするんだけど、あれは思考の〝テンプレート化〟だよね。もとはロールプレイングゲームから来たんだろうけど、いまはもっと軽くなってテンプレート化してる。論理だけ整っていればいいみたいな。

理想を実現させるにはどうすればいいか？っていうことは、テンプレート化されていない問題がいっぱい出てくるでしょう？　当然、出来合いの論理は破綻《はたん》する。内容を真っ直ぐ考えていくことが、思考の新しい形式を生む。そこが面白いんだよね。思考とゲームの差はそこだよ。突飛な例かもしれないけど、量子力学なんかその最たる例だと思う。

あるいは逆に、ピダハン族なんかは「理想を持つな」みたいなとても強固な思考と言語を持っている。それによって、ピダハン族は千年とか何も進歩してないんだけど、進歩することは人を幸せにすることではなかった、っていうのは、たしか何回か前に言ったよね。ピダハンの平均寿命は45歳らしいんだけど、それで不幸だとは思っていない。「現代社会にピダハン族的幸福を導入せよ」って、これはものすごい難問だけど、何千年か先の人間が実現させているのはそっちかもしれない。

とにかくさ、「社会について語りなさい」と言われたときに、いまの人が「現代社会とはこういうもので、こういう問題があって……」とかって話しているところに「昔」の人がいたら、全部喋り終わったところで、「それで？」って言うんじゃないかと思うんだ。「そんなことはわかっているから、あなたは社会についてどう考えてるんだ」って。「これから紙の媒体はなくなって、全部電子書籍になっていきます」「それで？」「だから出版という業界はこれから縮小していって……」「それで？　あなたは出版の世界をどうしたいの？　何を理想像としているの？」そういう考えもなく働いてるの？」って素朴に疑問に思われる。

そういう悲観的な現状分析とか近未来予測に対しては、「そんなの関係ない」って言うしかないんだよ。無力感を打破するには、それを心の底から言うしかない。

あとがき

「あとがき」と言っても、この本の総論的なことは編集の三浦君の意を尽くした「まえがき」で十分に語られている。三浦君は毎回のじつに上手な聞き手であると同時に、私のあちこち散らかる話をこのようにまとまりがある（かのような）話として書き起こしてもくれた。

私は好き勝手にしゃべっているようで、じつは三浦君にたくみにコントロールされていたのかもしれない。その「コントロール」というのは、手綱で馬のはやる気持ちを抑えるコントロールでなく、馬が最も自由に走ったと錯覚する名騎手のコントロールのことで、私が作者と作品の関係としてこの本の中で何度も言っていることだ。

じかに会っているかぎりは何度会っても頼りなさそうなこの、「三浦君」というキャラはしかし、読者は実在しないのではないかと思うかもしれない。その実在はこの本では証明できないので、私＝保坂が「三浦君」という仮想のキャラを作り出したと裏読みしたい人が裏読みすることを私は止められないが、裏読みは不毛であるというのもこの本の中で言ったことだ。

ところでこういう話がある。

ある中学の3年生の男子が、2年ちかくにもわたって、近所の小学6年生の女子を（つまり4年生から）性的にいたずらしつづけていたことが、秋に発覚した。

この際、その小学生が小学生として知的な面で、発達に問題があったかなかったかは関係ない。小学生がとても成績優秀だったとしても、なんといっても小学生だ。もし二人のあいだに合意があったとしても、それは合意とは言えない。

一方、中3男子の方は成績優秀であることは全員が認めるところで、この問題が発覚したときに、学校は「今は高校受験を目前にした大事な時期だから、事を荒立てないようにしよう」と、問題を報告した何人かの保護者に提案し、結局そのとおりに事は収まった。という か、隠蔽《いんぺい》された。

しかし、この男子生徒がしていたこと（いやむしろ、小学女児がされていたこと）より「大事な」ことがあるだろうか。人間としてかなり問題があっても、いい学校に行く方が大事だと、ここで、学校関係者一同が合意したわけだ。

私は学校や社会全体の隠蔽体質を問題にしたいわけではない。この男子をことさら責めたいわけでもない。私が言いたいのは、「何を置いても受験が大事」という、一歩退《ひ》いてみれば簡単に感じられるはずの、この社会のおかしさだ。

これは、ペットショップで動物たちが1年間の「生命保証付き」で売られ、それをおかしいと思わない社会の基盤であり、『タイムマシン』の80万年後の食用に人間が飼育されている地上世界への道でもある。

「どこがですか?」という疑問や、

「その話は厳密さに欠ける」という反論に、答える必要はない。

厳密・緻密に論証できないものは正しいとは言えない、という考え方がすでにこの社会の基盤であり、そこにこだわっているかぎり、この社会の支配的思考様式の外には出られない。

「出てどうするの?」

「本当に出られると思ってるの?」

と、この社会が私たちの心の中に仕込んだ「内なる声」は際限がない。もう、ホントにまったく(苦笑)。

2013年2月

保坂和志

本書は大和書房ホームページにて２０１１年11月から２０１２年10月にわたって連載された「考える練習」を単行本化したものです。

保坂和志（ほさか・かずし）
1956年、山梨県生まれ。早稲田大学政経学部卒業。93年『草の上の朝食』で野間文芸新人賞、95年『この人の閾（いき）』で芥川賞、97年『季節の記憶』で谷崎潤一郎賞、平林たい子文学賞を受賞。他の著書に『プレーンソング』『猫に時間の流れる』『残響』『もうひとつの季節』『生きる歓び』『世界を肯定する哲学』『小説修業』（小島信夫との共著）『明け方の猫』『言葉の外へ』『カンバセイション・ピース』『書きあぐねている人のための小説入門』『小説の自由』『途方に暮れて、人生論』『小説の誕生』『「三十歳までなんか生きるな」と思っていた』『小説、世界の奏でる音楽』『猫の散歩道』『魚は海の中で眠れるが鳥は空の中では眠れない』『カフカ式練習帳』など。

考《かんが》える練習《れんしゅう》

2013年4月20日　第1刷発行

著　者　保《ほ》坂《さか》和《かず》志《し》
発行者　佐藤靖
発行所　大和書房
　　　東京都文京区関口1ノ33ノ4
　　　電話　03・3203・4511
装　幀　佐々木暁
写　真　中村たまを
本文印刷　信毎書籍印刷
カバー印刷　歩プロセス
製本所　ナショナル製本

ISBN978-4-479-39239-2
乱丁・落丁本はお取り替えします
http://www.daiwashobo.co.jp